薩長と最後まで戦った男

越後長岡藩家老・河井継之助

幸田　進

薩長と最後まで戦った男

――越後長岡藩家老・河井継之助

幸田 進

目次

江戸遊学

一

河井継之助が江戸遊学のために越後を発ったのは、雪の深い日の朝であった。
二、三日前から降り続いた積雪が、山も谷も、そして人家の一つ一つをも厚い真綿のように包みこんでしまった。妻のすがも殊の外、心配し、出発の日延べを願ったが、継之助は一度心に決すると後へ退《ひ》かぬ気性の激しさを持っていたので、仕方なくその背を見送った。
その年、越後長岡は大雪であった。城下ですら三メートルほども積もっている。峠越えともなると六、七メートルの白い堆積物を掻き分けて歩かなければならない。越後の北部は比較的雪の量は平穏であるが、長岡城下から東へは十月頃からしきりと降り注ぎ、丈を越す程にもなる。継之助は足に嵌《は》めたカンジキを深雪に踏み入れるたびに思う。

長岡はこの雪が、さまざまな生業の発展を拒むが、時としてこの不思議な自然の営みが越後自体を他国から守る要害ともなっているのかも知れない。

足を踏み込む継之助は今、思い切って家を発ったことにほっと安堵感を持った。家内は正月を迎える準備に追われているのに、自分だけが正月に適わしい下駄わらじも履かず、礼を失する後ろめたさを覚えるが、思いはひたすら江戸の久敬舎へと走っている。その気が継之助の足を速めていた。時折立木が白い綿をかぶって迎えてくれる。踏み道は左右からそこへ入り込んだようにへこみが一本通って見える。人が踏めば又、降雪がその跡を覆っていく。継之助は道を飯山へと向け、軽井沢追分を経て中山道へと迂回することにした。今年の大雪では、北へ向かうのはとても難しい。飯山へ出る前に鄙《ひな》びた温泉旅宿がある。多分この雪で埋もれてはいるであろうが、凍てついた体を休めるには好適である。雪中の歩行は、さまざまに去来する事象が脳裏を過《よ》ぎる。これからの道程や、江戸での学習のことなどめまぐるしく駆けめぐる。

一休みのつもりで立ち止まった継之助が峠の嶺を仰いだ時、傍の樹林の枝々にまるで花がまるく咲いているかのように、雪の結氷が鮮やかに光って見えた。継之助はこの現象を雪の花が咲いたと呼んでいる。この雪の花が咲く時は、吉兆と中国の故事に学んだ記憶があった。峠の向うに白く動くものを見た。継之助はそれが村の樵《きこり》から聞いた白い熊かも知れないと思った。白熊の出現は昇平万歳の瑞兆である。彼は己れの前途を寿ぐような熱い血のたぎりを覚えた。

継之助は先ほどから彼の踏み跡を、辿るように従ってくる一人の旅人を知っている。几帳面に継之助の足跡をそのまま辿っている。雪装束に身を固め、武士であるらしく刀を腰に差しているのは遠目にもわかる。しかし、雪にはあまり慣れているとは言えない。継之助に追いつくには容易なことではない。雪中の旅道と言えば、距離は短いが湯沢から三国峠越えは大変な困難を伴うので、どうしても継之助の踏み道を辿る他はないであろう。

継之助は性来の遊び心が生じたのであろう、ひとつこのへんで揶揄《からか》うのも面白かろうと思い、踏み道から脱《はず》れ太い木の幹の陰へ身を入れた。暫くすると、息をはずませて上ってくる男は、何の躊躇《ためら》いもなく踏み跡に従って樹の幹へ廻りこんだ。そして、そこに継之助が立っているのを見つけ、驚いたように立ちすくんだ。目がまるく、いかつい容貌の少年ような若い男であった。

「おみしゃんも小便ですかな」

にやりと笑って継之助は声をかけた。突然の呼び掛けに男は慌てたらしく、

「いや、これはどうも……、道を外れたようで……」

と口ごもった。

「どうぞ、お先へ」

意地悪く継之助は、更に上りつめる方向へ手をあげた。男は苦虫を潰したような表情をして、仕方なさそうに歩いて行った。今度はそのあとを継之助が踏んでいった。しかし、男の踏み方の乱暴さに呆れた。雪道を歩くにはそれなりの秩序がある筈だが、この男はそんなことはお構いなく、自分流に雪を除《の》けていくという歩行の原則を無視して、多大なエネルギーを消費する方法を

とっていた。

途中の旅宿に着いた時、男は激しい疲労のためか土間に寝ころんで暫く起き上ることをしなかった。

男は長州藩士、吉田稔麿《としまろ》と名のった。各所を経めぐり、博識のある人物であった。特に長州の吉田松陰門下であり、継之助の同輩が数多くその門に学んでいたことを知ると喜び、まるで旧知のようによく語った。彼は語りはじめると熱をおびたように国防を説く。それは説得力を持ち、人を魅きつけてやまない情熱を抱いていた。継之助はその時の彼の誠意実直さにひどく感動を与えられた。その夜、二人は寝もやらず語り明かした。

吉田稔麿はその後、脱藩勤王運動に挺身し、元治元年(一八六四)六月五日、新選組の三条小橋・池田屋襲撃事件の折、志士方に連座しており浅手を追い脱出、長州藩邸に急を告げ、援兵を求めた。藩士たちから引き留められるのを振り切って再び池田屋に駆けつけ、沖田総司の刃にかかって倒れた。後に継之助が彼の非業の死を聞いて、惜しい男を死なせたと親友の小山良運に歎《なげ》いたと言う。


継之助はその朝早く、稔麿と別れて一路中山道へと向かった。珍しく晴れ上がったその日は、これからの継之助の望みを天が祝福してくれているかのようでもあった。白嶺越しに青空が果てしなく広がっていた。時折、薄綿を延ばしたような雲がすうっと視界を横切っていく。それはあたかも紺青の布に透かしの模様を配したようで、絵心が湧いてきそうである。

継之助は父親代右衛門のことが頭に蘇った。普段、もの静かに茶道具ばかり厭《あ》きもせず見つめている姿は、端正な趣で継之助の腕白とはほど遠いものでしかなかった。しかし、継之助自身の学風はこの父の人生観とは相通じるものがあるのかも知れない。父代右衛門にはこれといった学風はないが、人に好かれる温雅な性質で、風流を解する人でもあった。

家格は上士の下、中士の上といったところで、禄百二十石をうけ物頭格、御勘定頭として堅物の類に入っていたのかも知れない。著名な越後の傑僧、良寛とも親交があったらしく幼少の頃遊びに訪れた良寛はよく継之助を相手に走り廻ってくれて、頭の円い僧として記憶に残っている。そのような父の雰囲気は継之助の学問への情熱として、多分繋がりがあるに違いない。とやかく小うるさい口は利かず、継之助のしたいようにさせていたようである。しかし、母のさだは気丈な女性で多分、継之助はこの母の性格を受け継ぎ、その薫陶の中で利かん気な少年に育っていたようである。周囲の人が止めるのも振り切って、北越の深雪の中を飛び出していく一徹さは、この母の気性の影響もあるのかも知れない。確かに継之助の生涯の中で、すうっと糸を引くように繋がってきた母さだの生き方が底流にあると思われる。ひとり息子にさだはずいぶんと心を掛け、手を掛けてきたことを妹の安子（長岡藩士根岸勝次郎・禄五十石へ嫁す）は後年、他人《ひと》に述懐している。

継之助の江戸遊学は今度で二度目に当る。その都度、父に路銀を無心しては相済まぬとの思いは強く持っている。此度も突発的な旅立ちではあるが、継之助は以前から構想を描いていたことなのである。自分の心底に、日日是好日の平穏無事な仕業に居てもたってもも堪《た》えられない揺さぶりを覚えていた。世の中が日々、動いている。日本中どこで、どう激しい早さで進展しているかも知れないと思うと、背を突つかれる衝動を感じるのである。温泉場で共に語った吉田稔麿は、あの若さで（実際その時の年齢は十九歳であった）既に先行きをしっかりと見据えている。諸国には、その何倍もの早さで時勢をつかみ、将来の国づくりを夢想している者がごまんといることに、継之助はじっとしていることに堪えられるものではない。江戸へ出ることが継之助の心を、そして考えを整えてくれるという想いが募ってくる。しかし、藩は継之助の願いを、一向に聞き入れてはくれなかった。

前年に、古志郡安路村に面倒な事件が起った。藩主牧野忠雅の病没によって世子忠恭が世に言う門閥を乗り越え、人材登用という新路線をもって政治改革に踏みきり、継之助を外様吟味役に任じたが、その最初の事件がこの難事件であった。この地方の庄屋と村人との間のトラブルで、これまで郡奉行が幾度となく解決を試みたが、一向に進展をみなかった。

継之助は双方の非を互いに認めさせ一人の罪人をも出さず、円満に解決したことは彼自身の持つ実務者としての技量があったからであろう。藩当局は継之助の手腕を認めたわけであり、宿願であった江戸遊学のチャンスを逃さじと、その褒賞として勝ち得たものである。あとは、藩重役の気の変わらぬうちにと突然の旅立ちとなったのである。継之助の変哲ぶりは藩内でも屈指のものである。藩主忠恭の御前でそれぞれ文武の道に秀でたものが選ばれ、その技量を「ご聴覧」に供することがあった。選ばれた者は非常な名誉であり喜んで受けるのであるが、経書の講義を割り当てられた継之助はこれを撥ねつけてしまった。

「俺は講釈師ではない。俺の学問は己れの心を磨き、己れをつくることにあるのだ。必要があったら講釈師を呼べ」

と放言した。これを聞いた藩庁は驚愕した。何と不遜、傲岸な奴だと脅しても利かず、それでは宥めすかすが、これまた一向に埒《らち》があかず仕方がないので、それでは本人病気、相勤め難い旨の願いを出すよう促すと、「病気でもないものが、そんな嘘偽りは申し立て難い」と拒絶する。

そこで藩では、

「其の方儀、若殿様御入部に付、文武芸事御聴覧も之れ有る処《ところ》、一流（どれ一つ）にも罷り出でず候段、未だ壮年にて心懸宜《がけよろ》しからず不埒の事に付、御叱り仰《おおせ》付《つ》け被《こうむ》れ候。五月二日（安政二年）」

の申し渡し書により、「叱り差控へ」という処罰を下した。この一件以来、藩内では彼は要注意人物としてマークされるようになった。

母のさだが心配して、継之助にもう少し気を差控えるように言うと、

「母上はいつも、わたしに正しいことは正しく主張するようにと仰せられたではありませんか」

と逆に喰ってかかった。

継之助が一度《たび》このことが善事だと判断すると、直ちに実行に移そうとする気性は性来だけのものだけでなく、彼の傾倒する陽明学の気風の影響もあるのかも知れない。

彼は藩校、崇徳館で学んだ時に影響を受けたのは、江戸一斉塾の塾頭、高野松陰であった。高野は若くして没したが、継之助に一斉塾の学風や備中松山藩の傑物、山田方谷《ほうこく》、佐久間象山《しょうざん》等の話を聞かせた。その折、継之助の若い情熱のたぎりが陽明学へと走らせ、経世の道に志を立て、藩国の忠臣になるよう心に誓ったのである。いわば、彼の生きる道の指標を与えたのは高野松陰であったのかも知れない。

中山道に入ると、道はただひたすら江戸へ向かう。高崎から熊谷、浦和の宿へ差しかかると既に江戸の臭いが漂ってくるように思える。人々の往来も忙《せわ》しなくなってきた。

江戸はさすが天下のお膝元、継之助にとっては二度目の生活を送ることになる。その年の正月十五日に再び古賀茶渓の久敬舎へと入塾した。三十名あまりの各地からの塾生の中で継之助だけが三十三歳の老書生であった。

継之助は入塾以来相変わらずせっせと、師の茶渓の書庫から借り出した書物の書写に精を出していた。その日、李忠定公集に意を傾けていた。

「河井さん、よく筆が動きますね」

体は大柄であるがまだあどけない調子の声で、鈴木虎太郎が人なつこそうに呼びかけた。彼はいつも継之助の隣席を占めており、継之助にとってまるで子どもと一緒に学問をしている。こそばゆい思いもなくはないが、学問に年齢の差はない。万人平等の仕業だと自分自身に言い聞かせてはいる。この虎太郎は父が足利藩の儒医で、幼時に足利学校で学んだと言う。長じて元治元年の筑波山挙兵に加わり、驍勇《ぎょうゆう》をはせた男である。その後、明治新政府からの仕官の要請も拒み、後進の指導に当ったと言われている。

「河井さんは写本に精を出しますが、何か読んでいますか」

と聞いた。あまり読書をしている姿を見ないので不審な気がしたのであろう。

「おみしゃんは何を一体、読んでいるか」

と逆に聞いた継之助に即座に「三国志です」と答えた。

「そんなものを読んで、よく退屈もせずに勉強が出来るものだ」

呟くように吐いた言葉に、虎太郎も驚いた。河井継之助という人は、越後長岡からはるばる江戸へ学ぶために来たのであろうか。自分よりもずっと年齢を経て、藩でも或る地位に就いている人なのに……。虎太郎の年齢では継之助という度量を推し量るのに若すぎたようである。しかし、この人は何か他者に見られない傑物の兆しがほの見えるのに気が付いていた。そう思うと虎太郎は継之助を塾中の我が師と従うことに意を決した。いわば、それが当たらなくとも否、虎太郎にはそれが信念のように継之助の行動をじっと見据えていくのであった。

継之助と虎太郎はうまが合うとでも言うのであろうか、年齢差を越えた交りが続いている。時折、継之助も若い虎太郎の真摯さに辟易《へきえき》することもあったが、彼の一本気なところは継之助も自分を写してでもいるようなおもはゆさを覚えるのである。茫洋として摑みどころがなく、何を考えているのか判らない継之助に単純明快な当たり方で接している虎太郎も時には進み、時には退く、要するに変幻万花の交際術を会得する苦労はあったであろう。

塾ではよく、課題が提出される。きょうも塾頭の小田切盛徳から、それぞれ塾生へ通達があった。このたびは詩作である。継之助は虎太郎に、「俺の分も作ってもらえないだろうか」と言った。詩作というのは当時、学識のすべてを投入する最高の課程である。因《ちなみ》に幕府の学問所では、学生は四書五経の素読から入り、復習・初学（史記、漢書、蒙求、十八史略）へ進む。更に諸会業と称して、歴史、刑政、天文地理、習字、算術、物産、有識故実の研習がある。それらの課程を基にして詩文課程が与えられている。勿論進学試験により、好成績の者は幕府から褒賞される。これらの受賞者か成績優秀な者に詩作は限られている。要するに一句四言・五言または七言を普通とし、平仄《ひょうそく》・韻脚などの律格を身につけていないと手に負えないものである。

虎太郎は、

「わたしにはまだ平仄を合わせる程度しか力がありません。作っても、これが河井さんの詩かと言われたら名折れになりますよ」

と躊躇《ためら》って言った。継之助は、

「詩や文とは、自分の思いを語るものなのだ。それが上手《じょうず》だとか下手《へた》とかで、その人間を評価するものではない。頼む、焼芋を奢《おご》るから作ってくれ」

と言いつつ、虎太郎に詩作を押しつけてしまった。それにしても、詩文の習得が学者として通用する時代に、他にその人間が評価されるものとは一体何であるのか、虎太郎は継之助の前でただ思案するばかりであった。

塾ではそれぞれが思い思いの食事をとっていた。縁先に七輪をどっかと置いて干し魚を焼くもの、手慣れた仕草で鍋で豆腐を煮るもの、その一人一人の個性が発揮されるのも食べたものにあるらしい。塾から漬物だけはあてがわれた。虎太郎は母が丹念にその拵《こしら》え方を書いてくれた帳面と首っ引きで、時間になるとあれこれ忙しそうに動いていた。

他の塾生たちも食べることには最も関心の強い年齢の若さがあったのであろう、この時だけは賑《にぎ》やかであった。

しかし、継之助だけは相変らずあてがいの沢庵漬だけで飯を掻っ込むように食べていた。およそ、炊事などに手を出そうとはしなかった。そのために栄養が偏っていたのであろう、時折体のあちこちに腫物が生じた。

このことは後年、越後戦争での負傷が生命《いのち》とりになる因とも考えられる。

春頃から右股に大きな腫物を作った。所謂、癰《よう》と呼ばれるものであろう。細菌に対する抵抗力が減少したのか化膿が進み、激しい痛みと発熱をともなう。これにはさすが継之助も立居振舞いも出来ず、苦しそうにしていたが、勉学だけは怠らなかった。

虎太郎が、

「少しはお休みになって、治療されたらいかがですか」

と心配そうに言うと、継之助は、

「長岡藩には古来から、『堪忍すべき儀を堪忍せず、堪忍すまじき儀を堪忍する事』という家訓の一条がある。これはこの世にはさまざまな辛いこと、苦しいことがあるのだ。そういう辛さに堪えてこそ初めて武士の意地というものが成り立つ。しかし、堪えるということはそう一足とびに出来るものではない。普段の努力が必要だ。俺もこの腫物が自分にそのことを教えてくれていると思っている。要するに試練なのだ。これが今の学問の上に、本当に力がつくものなのか試《ため》されているのだよ」

と言った。

虎太郎は学問とは頭だけのものではなく、実践に結びついたものだということを、継之助の言説から少しずつ理解していった。

継之助の腫物は三ヶ月程続き、その夏ようやく青黄色く悪臭を放つ膿を大量に噴き出した途端に回復に向った。

その間継之助は一日も休まずに勉学に精を出した。彼のこの負けん気は、子どもの時から培われたものであろう。

母のさだはひとり息子の継之助には父の代右衛門以上に気にとめて養育をしてきた。河井家の跡取りとして、りっぱに武士らしく育って欲しい。どちらかと言えば、夫の代右衛門は尚武の気風よりも理財や趣味に関心が深いことに不満は抱いていた。しかし、夫は夫なりに藩の重要な役目である勘定奉行を果しているし、決してそれに対する引け目を抱いていたわけではない。特に女姉妹《きょうだい》の中でのひとり息子である継之助に対するしつけも、勢い厳しくならざるを得ない。幼少時の養育の在り方は誰でも母親が重要視される。それはさだもよく心得てはいた。と同時に、女子の養育にも力を入れ、妹の安子や姉の千代、ふさ等にも武士の妻らしい教育はかなり厳しくおこなっていた。そのような母に対して、継之助も多少窮屈な感じもあったであろうが、自然その訓育の雰囲気は身に浸みこんで、気性の激しい子に育っていったのであろう。

遊び仲間の中でも、継之助は年長の子等によくいじめられることが多かった。彼らは継之助の腕白ぶりに辟易しつつも、懲《こ》らしめることがあった。中でも同じ学塾生である大瀬恭助の子・重蔵は、ことごとに継之助を目の仇にし、或る日木剣で立合いを強要した。

継之助は十歳の時に、鬼頭六左衛門に剣術を習い始めてはいるが、すこぶる我流で師の言うことも聞かないことが多かった。要するに、流儀に従うことが嫌いで、自分流に習得することを好んだ。重蔵は立合いの初めから、いきなり継之助の頭を叩いた。継之助は後ろにどうと倒れ、暫くは起き上がれなかった。額が割れ、鮮血が噴き出した。その赤い血をみて驚いたのは叩いたほうの重蔵であった。年長である自分が負傷させたことに至極慌てたのである。しかし、継之助は泣きもせず「痛い」と言う声さえ出さなかった。流れ落ちる血を拭うこともせず、重蔵を睨み据えていた。彼の目は並以上に大きいので、重蔵もひどく恐ろしくなったのであろう、これは堪らんと逃げ去ってしまった。

妹の安子が顔を真っ赤にして家へ帰った継之助を見てこれまた驚き、

「おかあさま、兄さまの頭が……」

と大声で叫んで手当てをしたこともあった。

父の代右衛門も、苦虫をかみつぶしたような表情で継之助を見つめていることが多かった。継之助は一旦、これと思うことがあると、とことんやり遂げぬと気が済まない気性があったのであろう。

継之助はしかし月に一、二度は京橋筋あたりにある牛肉を食べさせる「松田」という飯屋に虎太郎を誘うことがあった。ここには美しい女中が大勢いて、それがよく錦絵などに出される。いつも人の賑う店であった。

その日は腫物もやっと回復し、久し振りに「松田」の二階へ上り、すき焼きを食べていた。虎太郎はあまり牛肉を好まず、気色の悪そうな面持ちで箸の動きも遅かった。

この二階の広間には町人たちと交えて、四、五名の浪人風の武士たちと他に子連れの武士がいた。先ほどから浪人たちは煩《うるさ》い程の叫び声を挙げたり、ふざけあったりしており町人たちはいつもより早目に引き上げる態《てい》であった。そのうち、子どもが退屈したのであろうか、そこらあたりを懸け廻りはじめ、勢いあまって浪人たちの大刀を蹴とばしてしまった。大刀は一間程転げて、黙って牛肉をつまんで食べている武士の傍にとまった。

そのとき、浪人たちが殺気だって立ち上がった。

「さっきから、うろうろ邪魔な奴だと思っていたが、事もあろうに拙者の刀を蹴とばしおった。そこのご仁、この始末をつけてもらおう」

威丈高になった浪人の言葉の裏には、卑しい魂胆も見えている。出来得ればこの武士から、幾《いく》許《ばく》かの金品でもせしめようとの腹でもある。しかし、武士は同じように黙って食している。

「うぬ、何とか返答せい」

他の浪人たちも声を荒げた。継之助はこの光景に出くわして、大変なことになったものだ、一騒動起るかも知れないと感じた。仲裁は自分の得意とするところだから、そのうち声を掛けようとは考えていた。しかし、成り行きだけは見守っていかなければならない。虎太郎は青い顔で呆然と見つめていた。

くだんの武士はいとも静かに椀と箸を置くと、

「ご無礼つかまつった。何卒《なにとぞ》、子どものこと故、平にご容赦を……」

と丁寧に言うと、刀を腰に差すや子どもと一緒に帰りかけた。

「貴様、逃げさせはせぬ」

一斉に浪人たちは動いた。町人たちは悲鳴を挙げて部屋の片隅へ走り、一様に継之助たちの後ろへ隠れた形になった。

部屋の中は、先程の和《なご》やかな歓談の雰囲気とはうって変わった殺気が満ちてきた。武士は子どもを先に階段の下へ下りるよううながし、自分も一歩足を下ろした時、矢庭にひとりの浪人が刀を抜いて斬りかかった。がその時、武士の一閃振り向きざまに相手の胴を払った。継之助はこの居合い抜きの見事さに驚嘆した。斬られた浪人は階段を転げ落ちた。

武士はその返り血を浴びてまっ赤になった。後の浪人たちは、遅ればせながらそれぞれが刀を振りかざしたが、武士はまたたく間に斬り伏せてしまった。

この騒ぎで店中ひっくり返るような大混乱であった。返り血で染まったような着物を気にしながら、継之助の傍へ寄り、

「まことにお騒がせし、せっかくのお楽しみを不快いたしたこと、お許しくだされ」

と、これまた先程の謝り方と少しも変わることのない丁重さであった。

継之助はこの男、豪胆な者だと思った。それにしても、不利な条件下に数人を一瞬にして倒す腕前には唖然とする他なかった。江戸には剣客が多くいるとは聞いていたが、このように直接目の前で見せられるとは、思いもかけぬ出来事であった。

後に聞くところでは、この武士は小野派一刀流の師範で、左右八郎直雄の門人・上田馬之允という者で、熊本の藩中だと言われている。この頃江戸には、神田お玉ヶ池の北辰一刀流・千葉周作、京橋には鏡新明知流・桃井晴蔵、九段上麴町三番町に神道無念流・斉藤弥九郎など数多くの剣豪がひしめいていた。新撰組の隊士や京都見廻組などの武闘集団はいずれもその門下生が多

かった。

継之助は「松田」を出て、腕組みながら何事か考えに耽っていた。普段、虎太郎にいろいろ困らせる話題を提供しては大笑いをする継之助がどうしたのか、虎太郎は気になって仕方がない。後から従いてくる虎太郎にやっと声がかかった。

「なあ、虎、凄まじい剣の捌《さば》きだったなあ。あのような男がこの江戸にはごろごろしている。危なくてやりきれぬ」

「そうですね。でも、剣で立つものはやがて剣で滅ぶ運命ですから……」

その虎太郎の呟きのような声を聞いた時、継之助ははじめて、はっとしたように言った。

「そうだ、虎、おみしゃん、よい所に気がついた。剣の時代はもう終わりだな。いかにあの男、剣がたつといってももし相手が鉄砲をむけたらどうであろう。ひとたまりもなく倒されるであろう。そうは思わないか」

虎太郎は継之助の読みは、いつもずうっと先の先にあることを知っている。継之助は先程の凄惨な場面を想起した。自分であったらどうするか、多分、あのような無頼の輩は相手に出来ない。何とかその場を取りつくろい、結局、金で解決する他はないであろう。もし、それも不可能ならば逃げるに如かずだ。武士の家に生れ育った限り、刀を抜き合わすこともあるだろう。しかし、それはとことんまで手をかけてはならない。それまでの手段は尽せる限り尽くさなければならない。それは継之助の処世術でもあった。

最後の土壇場は斬り死にであろう。それが「剣で立つものは剣にて滅ぶ」の宿命なのかも知れない。その点、虎太郎はこの若さで、既にそのことを覚《さと》っている。継之助はふと、虎太郎の横顔を見て、これからの時代は、このような若者の舞台になるのかも知れないと思った。

秋も深まり、あたりの陽気も落着いてくると、人々の心も穏やかになる。澄みきった空の青さに、ぽっかりと浮かんだ真綿のような塊の雲がまぶしく目に映える。そのような或日、塾生が数人、ぶつぶつ愚痴をこぼしながら、外から帰ってきた。継之助が彼等を見ると、虎太郎もその仲間に交じっている。しかし、虎太郎は至極、平静な顔をしているが、他の塾生たちはやたらに当り散らしている風であった。継之助が、

「おみしゃんたち、どうした。何か悪いことでもあったのか」

と聞くと、その中のひとりが、

「せっかく吉原を通りかかり、上がろうとしたが、こやつ、どうしても嫌だと言うて、その挙句まるで子どもの遊びのように、ぞろぞろと連れて帰られました」

と、ぼやいた。こやつは女郎買いなんて嫌です。と頑固に拒否したので、それではひとりで塾へ帰れ、ということになったが、今度は虎太郎がひとりでは帰れぬ、皆と一緒に出かけてひとりで帰ったら、塾頭に何と言って言い訳出来ましょう、絶対にひとりでは帰らぬ、とごねたために、他の者も仕方なく諦めて帰ってきたという。この話を聞いていた継之助は、

「そうか、それはよかった。実はな、俺もあそこへは行くな、と注意しようと思っていたところだ。しかし、虎、お前にはお前の了見《りょうけん》というものがある。どうするか、見ていようと思っていたのだ」

と言いながら、

「お前は女郎買いなどしてはならぬ。俺はこの通りしてきたが……」

懐から一冊の帳面を取り出して見せた。表紙に「吉原細身」と記入してあった。内は多くの娼妓の名が書きこまれており、その名の上に、奇妙にさまざまの印しがつけられてあった。虎太郎が、

「これはなんの意味ですか」

と指さして聞いてみると、

「みんな俺が買った女だ。この符号はな、手取り（相手をあやつるのが上手）の奴と馬鹿らしい奴。美人や不美人の見分けだ」

といって、にやりと笑った。虎太郎はこれを聞いて唖然とし、

「河井さんは先程、わたしに女郎買いなどするな、と言いながら、あなたが好んでするとはどういうことですか」

不満げに言い放った。継之助は声を低めて、

「その通り、俺は女好きでな。この通りの女郎買いをしてきた。しかしだ、お前はやってはなら

ない理由がある。女色に溺れてしまう男はごまんといる。身代潰した商人も両刀を捨てた武士も数限りない。そういう男はみな、意気地なしかというとそうではない。かえって、豪胆な男、才能のある男程、女には溺れやすいものだ。言ってみれば、後から羽織を着せられ、背中をぽんと叩かれて、『いってらっしゃい』と言われれば男は脂下《やにさ》がるものだ。女に溺れるというのはそんな簡単なものではない。女のもつ情は男の肝っ玉をぎゅっと摑みきってしまう、そういう恐ろしいものなのだ。要するに鉄石の腸をも溶かしてしまう熱い炎なのだよ。そんな炎になめられたらひとたまりもない。あの男が、という気丈なもの程、危険だ。お前には、これだけは手を出さないで欲しい」

と真顔で熱心に話した。虎太郎は継之助の教えには忠実に従ったほうだが、後生、これだけは守れなかったと、述懐したと言われる。

二

長岡藩邸から慌《あわただ》しく使番が駆けつけてきた。継之助はその時、机に向っていつもの通り、師・古賀茶渓の書庫から借り出した王陽明文録を筆写していた。学塾には各地から塾生が集まっているので、飛脚がたえず出入りをする。

それだけでなく各江戸藩邸よりの使番の出入りも激しい。

この度の継之助へは、かなり重要な用務であるらしく、直ちに藩邸へまかり越すようにとの伝言をたずさえてきた。長岡藩邸は芝愛宕山下にその中屋敷を構えていた。現在の慈恵会医大病院の隣接地であり、元、薬師小路と称していた場所である。

継之助はその藩邸に着くやいなや、江戸家老から藩御用召の達しを受けた。その内容は、神奈川沖にイギリス艦船が停泊しているので、藩の一隊を引き連れて横浜警備に加わるということであった。このことは継之助としてはあまり有難いお召しではない。このような類の内容はすこぶる曖昧さを含んでいる。要するに、幕府の指示で動くのであるから、まるで木偶《でく》人形と同じである。自分の意志というものは当てにはならない。大体が幕府の機構が巨大化して融通は利かない。臨機応変の処置ということ自体が無理であり、一朝事あるときも、幕命が下るまでは数日、否、一ヶ月も経つという複雑な体制をもっている。

安政元年に、日米和親条約が調印され、引き続き来航するオランダ、ロシアに次いで、日英通商条約が締結された。長い鎖国時代から急速に世界各国の空気が流れこもうとする時期でもあった。神奈川沖にはイギリス艦船が黒い船体を浮かべ、不気味に黒煙を吐いて威嚇的に碇泊していた。諸外国の動きは、幕府にとって頭の痛い重荷となっている。長岡藩主、牧野忠雅はペリー来航の際にも、対米応接委員の中核としてこの難局に当った一人でもあった。

当時、このことについての献言書を藩中に求めた時、継之助の上奏は時局が困難に当る時に極力、用うべき器であるとして、忠雅の心を惹いた。老中は阿部正弘であり、忠雅とのコンビで、諸外国の無理押しの国交に対する水戸斉昭らの反対派を押しきって対処したが、そのことなどが体力を消耗させたのであろう。正弘は安政四年六月、それに引きずられるように同年八月に忠雅六十歳で逝去した。

これらのことが、継之助をこの用務に駆り出したのかも知れない。継之助はこの時、一つの条件を提示した。

「この際、何事か大事件が生じた場合、生殺与奪の権は当方に委任されるでありましょうな。もし、それが可能でなき時はご免任ります」

このことは一旦緩急あらば、黙って見過すことはしない、という強硬論の腹を示したわけである。ところが江戸家老は、

「それは藩の規則が許さない」

と当然のように拒否した。

「平生であるならばともかく、今は外国艦船という戦陣に臨むのであり、いざ合戦の場合に、やりましょうか、待ちましょうかといちいち藩にお伺いをたてるようでは、警護の使命は果たせませぬ。これが君命であるとしても、役目が果たせぬ以上、早速にお断り申します」

そう言って、さっさと学塾へ戻ってしまった。この日、古賀茶渓は直接、塾生に教えをなす授業があるので、慌しく出入りする継之助や藩士に気づいて、何事かと尋ねた。

事情を聞いた茶渓が、

「国家の危難に、お前のような一介の書生を登用して、大任を委ねるということは光栄な役目であるはず、それを軽率に断るのは主命をないがしろにするのではないか」

と至極、不機嫌な面持ちで詰問した。多分、茶渓にしてみたら、塾生からまことに不謹慎なものが出ることに対して、不安を覚えたのであろう。継之助は師の茶渓にも決して恐れることなく、

「人生には出処進退の四つの事柄がもっとも大切なものだと考えます。そのなかの進むこと、出づることは、どうしても上の人の助力が要しますが、処すること、退くことは自分自身で決めなければなりません。わたしが藩政を執ろうとすれば、当然、人の助けは必要ですが、退いて野に処る。つまり、辞任して自由な立場にたつのは自分自身が決めるしかありません。まるい石が転がるようなもので、自分で転がって谷底まで落ちていきます。わたしが主命を辞退したのは、まるい石のようなもので、もう誰も手出しはできないはずです」

ときっぱりと答えた。そこには継之助の心に忠実であるべき自分を主張した姿勢が見られ、茶渓もそれ以上のことは言わなかった。

「それもそうだな」

と一言、言ったきり黙ってしまった。彼は継之助が一旦、こう決めたら頑として曲げない性格をよく知っていた。塾中でも、継之助の強情さは他に類がなかった。しかし、それは理に適った行き方でもあるので、妙に意地を張るというものではなかったのである。

それから三日後のこと、藩邸から再び、呼び出しがあった。今度は、継之助の主張通り、全権の要望を受け入れたものであったので、継之助は承諾した。早速、塾へ帰り、身のまわりを整理し、藩の中屋敷へ引き上げていった。

翌日、四十名程の藩兵を連れて、横浜を目ざして出発した。継之助が馬上で先頭にたち、いたってのんびりと歩いていく一隊を見ると、これから緊迫した警護に向かうとは毛頭、感じられない光景であった。継之助に従う藩兵も、どこか物見遊山にでもいくような気持ちになっていくのは当然である。そうなると、肩にかかっている鉄砲が急速にその重さを増してくるようであった。

一隊は芝から品川八ツ山へさしかかった。ここは東海道を下る最初の宿場町である。遊興の地としての格は岡場所中、最も高く、吉原が北国《ほっこく》と呼ばれたのに対し、品川は南国と呼び囃された。明和元年（一七六四）の道中奉行池田筑後守の飯盛旅籠《はたご》の調査によると、大・中・小の旅籠合わせて九十三軒あったそうである。高級な宿は旅籠というより妓楼の観を呈し、旅宿だけでなく、遊興を目的に訪れる人も多くあったらしい。「婦美車紫鹿子」によると、品川の客は僧侶が五分、武家三分、町人は三分と、女犯戒律の厳しい目をくぐりぬけて、せっせと僧侶が通ったと言われている。武家はお定まりの国元から出てきている勤番侍のことで、継之助もその範疇に入るわけである。宿場のはずれに女郎屋が数軒並んでいた。その二軒からしどけない様《さま》の娼婦が、馬上の継之助に笑いを投げ、声をかけてきた。

役目柄、目もくれず通り抜けるのが常識であろうが、いきなり継之助は馬から下りると、

「俺は今からここでゆっくり遊ぶから、もし帰りたいものがあったら勝手に屋敷へ戻っても宜しい。更に、横浜を目ざすものがあれば、それも宜しい。俺と一緒に遊びたいものは遠慮なく同行を許す。全員、自由に任せる」

と伝えた。これには皆、驚天した。これから国事の難に当るために、緊張感を抱いて出発した重大な役目を追っているものに、女郎屋へ上がっても宜しい、俺と一緒に遊んでもよい、という放言はその場にいる藩兵一同、青天の霹靂《へきれき》の思いであった。ともかく、品川宿へ一隊を止どめ、藩邸へ注進に及んだ。藩邸ではこれを聞いて、上を下への大騒ぎで、家老は慌てふためき、

「継之助め、又、何か仕出かしおった。とんでもないことである」

と直ちに呼び戻した。ひきつったような表情で並居る重役たちの前で、当の継之助は平然とした顔付きで、

「ご家老はわたしに生殺与奪の全権を委任されたからには、何をしようと、わたしの勝手ではございませんか。何故、わたしを呼び直されましたか。こういうやり方では、お役目は返上する他ございません」

と言って、塾へ再び帰ってしまった。人伝てにこのことを聞いた古賀茶渓が非常に心配し、継之助を呼んでその理由を問うた。

継之助は、

「イギリス艦が来たといって、びくびくしているこの国はおかしいですよ。イギリスでも、本当にこの国と戦う意志はありません。何かと言えば鉄砲を持ち出し、槍を突き出しては戦さ、戦さと騒ぐが、両者とも戦う気持ちなんかありはしない。だから戦争になるはずがない。それなのに藩兵を率いて長い間、横浜に駐屯することは藩の出費が増すばかりです。

幕命ならば、申し訳けに少人数を派遣したら宜しいのです。そんなわけで、こっちは酒でも飲んで、ゆっくり休むことも必要でしょう」

と答えた。古賀茶渓もこれ以上、継之助を構《かま》うこともあるまいと思った。茶渓は継之助の理屈には首肯《しゅこう》できる説得力を強く感じたのである。

その後、気勢をそがれた藩兵はそそくさと引き上げてしまった。当時は幕府に気がねして、藩の対面を保つため無理な追従政策をとることが多かった中で、このことはひときわ目立つ事件でもあった。しかし、藩内には、継之助のこの独断専行的な行き方に対して、批判の目を向けるものがあることは事実である。継之助の決断力、先見性、掌握の才などを見究める人たちも多かった。特に学塾における師や同胞である他藩の塾生たちは、ひときわ際立った継之助の個性を将来、長岡藩の担い手とみてとっていた。

学塾を去る時、塾頭の小田切盛徳(米沢藩士)は、「河井継之助君ニ送ル序」の書を餞《はなむけ》としたが、彼も又、その中で、「子は則ち先鋒の将なり。単刀深入、大勝せざれば、則ち大敗せん」と賞賛している。これは裏日本の国防に託して、新潟を守るものは長岡藩。長岡で指揮をとるものは必ずや、継之助である。といった意味である。これは後年、継之助が長岡藩政の改革を通して、独立国家を夢見たこと等、考え合わせると的確に言い当てていると言えるであろう。

しかし、継之助はこの小田切盛徳をあまり好きではなかったのである。彼の性格からすると、権力を振るうもの、嵩《かさ》にきるものを相手にすると、無性に腹がたつとみえて、とことんやりこめるところがあった。塾生の中でも、容易に学問を理解出来ぬものや、落ちこぼれていく心の弱いものなどもあった。そういう人たちに対しては至極、心を傾けて助力したこともあった。

新宿に梅林があり、江戸のあちこちから観梅客が詰めかけていた。昨夜から小雪がちらつき、この地にしては珍しく銀世界となった。

白一色の風景に梅見の嗜《たしな》みを済ませた久敬舎の塾生たちが、途中の料理屋で一杯飲んだのであるが、さて、勘定という段になった時、塾頭の小田切盛徳は形ばかりの懐へ手を差し入れて、

「今、二分ばかりしかもっていないので、だれか細かい金を持っているものがあったら勘定しといてくれ」と声をかけた。格好をつけては飲み代を誰かに払わせようとする魂胆がみえみえである。即座に継之助は、

「よし、俺が払う。だがな、小田切、お前の分は払わんぞ。お前はその二分銀で払ったら宜しかろう」

と言うなり、小田切以外の分の勘定を済ませて、さっさと出てしまった。この時、小田切盛徳はちょうど金銭の持ち合わせがなかったので、慌てて料理屋の亭主に言い訳をし、後で自分の飲み

分を届けた。

そういう継之助の行き方に、ある感情のしこりは残るが、小田切盛徳も継之助の才能を見通してはいたのである。

三

継之助は久敬舎への入塾修学のみで満足してはいなかった。彼の本来の意図は、学問を深めると同時に、各所の風物を探り、情勢を今のうちに頭に入れておきたかった。世間はまこと穏やかな趣きを呈しているようであるが、その実、天下は変わりつつあり、現実の動きは着々と進み始めていた。長い鎖国の歴史が、日本という国を他者からの干渉もなく、無事安穏に過していく流れに、収まりきっていたと言ってもよいであろう。嘉永六年（一八五三）、突如来航したアメリカ艦に端を発し、自国以外の国人からの干渉が、まるで静まりかえっていた水面をいきなり掻き回されたようなざわめきとなって、人々の胸の内を仰天させた。短絡的に「攘夷、攘夷」と騒ぐ過激な考え方には、継之助は直ちに傾いていく気持ちは持っていなかった。

継之助は長岡に、小山良運という肝胆相照らす友がいた。彼は、良運を真実、胸襟を開き断金の交わりを結べる友と慕っていた。

継之助は彼を「良運さん」と呼び、彼は継之助を「継さ」と呼んだ。良運は禄百六十石・十五人扶持の藩医であった。大坂の緒方洪庵に師事し、蘭学を修め、長崎へ遊学した。緒方塾においては、長州の大村益次郎、薩摩の寺島宗則、佐野常民らとは同窓であった。

藩中きっての新しい知識の持主で、諸藩に交友が多い関係で、動向や西洋諸国の事情などにも通じていた。継之助は良運から新しい情報を得、進歩的な多くの示唆を与えられたのであろう。良運の話では、既に諸外国では貿易交流は盛んであり、日本のように、長期にわたる鎖国政策は、国力を富ませることには大きな支障さえもたらしているということであった。良運の影響もあるのだろうか、継之助は攘夷論には最初から従ってはいけなかったし、むしろ、積極的に諸外国と交流し、諸文物を移入する必要性を密かに抱いていた。

このような事情が、継之助をして、更に、西国への遊学へと心を駆り立てたのである。因《ちなみ》に、この小山良運の長男は、のちの明治洋画壇の先駆者・小山正太郎（文展審査員、東京高師教授）である。

継之助の西遊の最大の目的は、久敬舎時代に聞いた備中松山藩の山田方谷の教えを乞うことであった。この人物は農業、製油業の出であるに拘らず、篤学の名が高く、藩に召されて重宝されたのである。佐藤一斉の塾では佐久間象山ら人傑の多い中から、塾頭として選ばれ、陽明学を修得してこれを松山藩政に用い、改革に着手した。破産に瀕していた藩財政を立て直し、産業の復興、交易を盛んにし、民政を改め、備中松山藩の評価を各地に高らしめたのである。特に国防に力を入れ、西洋の方式を採用、その軍事演習を見た長州藩士久坂玄瑞（後、脱藩、志士として活躍、禁門の変にて戦死、年二十四歳）は驚嘆したという。山田方谷については、以前から継之助もその名を小山良運から聞いてはいたし、陰ながら良運は継之助に師事するよう勧めていた。

継之助は相変らず、一度、心に決めると、矢も楯もたまらず突っ走っていく性質なので、江戸家老の山本勘左衛門、牧野市右衛門に了解を求めた。二人は又、継之助の強引な要請が始まったと、苦虫を嚙み潰したような表情であったが、次第に切迫していく諸情勢に対処できる人材を、今のうちに作っておかなければならないという意図もあったのであろうし、藩主も継之助に目をかけていることを弁《わきま》えていたので納得した。そうなると、あとは西遊に要する経費の調達である。長岡の父に対して長文な書簡を認《したた》め、五十両の金子の必要を熱心に説いた。父代右衛門は金銭出費については、すこぶる鷹揚《おうよう》なところがあり、継之助の要求を適えさせることに意を尽くした。それは一つに、河井家の財もすこぶるゆとりがあったからであろう。禄百二十石、御勘定頭の要職にあり、蓄財も多少あった。江戸への遊学に際しては、十五両を懐にしたが、新たに五十両を送金してもらい、西国へと足を踏み出した。

師・山田方谷の元へ

四

安政六年（一八五九）六月七日、継之助を見送ったのは、花輪、三間、鵜殿の三人であり、ついでに、横浜の町見物ということになった。この三人については、のちに鵜殿は長岡藩士から幕吏に起用された英才。花輪、三間は継之助と共に藩政改革に力を尽くした。

翌日、継之助は三人と別れ、東海道を西へ向かった。峻険《しゅんけん》、箱根峠を超える時、その眺望は人から聞いて楽しみにしていたが、梅雨期でもあったので、視界は全く遮《さえぎ》られてしまった。灰色の煙霧が絶え間なく谷から上ってくる。山道はただひたすら、一本の帯のように伸びているのを目にするだけであった。どうしても富士山に登ってみたい宿願を抱いていた継之助は、三島の宿から一気に登ろうと考えていたが、宿では梅雨模様ではどうかかと、宿場人足が首をかしげていたので諦めてしまった。しかし、その足で吉原を過ぎる頃になると、雲が上がり始め、次第に雄大な裾野が眼前に展開してきた。

それは一望では視野に入りきれない程の広さであった。七合目位の高さまではハッきり見えたので、継之助はこれはうまくいったら、頂へ登りきれると思い、富士川に沿って北上、大宮（現富士宮市）への泊りでその決意を固めた。継之助は自分でもおかしな程、一生懸命、臍《ほぞ》を固めるのに気を集めていることを知った。人間、ひとたび、何かをしようとする時は、やはり、腹の中に、やるぞ、やるぞと力を貯えるもののようである。要するにしきりに丹田に力を入れる類であろう。

翌朝は、あたりは曇りがちながらも、山頂が見えていた。大宮あたりからの山頂は、いやに突き立った感じで、遠望する華麗な容姿とは全く違うので、多少気落ちがした。暫く上りつめていき、大鏡坊という寺で昼食をとった。大宮からは案内人が同行しているので、楽な気持ちでこれからの山頂に立つ嬉しさを握り飯に託して噛みしめた。ところが、その途中、雲ゆきが悪くなり、再び雨が降りはじめてきた。山の雨は驟雨という感じで、一度に降りはじめたと思うと、暫くおさまる。大丈夫かと思うと、又、降りはじめる、といった繰返しであった。寺の住職が気の毒に思ったのであろう。山頂は快晴だといってはくれたが、どうも下界は黒っぽい雲で覆われている。そうなると、どうも継之助の意志が萎《な》えてくる。登る気力を失うともう、止めようと言う意志のほうが強くなり、下山しはじめた。

だが、途中まで下りてくると、晴れ上がってくる。しまった、と悔やみながら足を止めて、暫く山頂の方向を見ていた。と、再び、煙霧が襲いかかる。このようなところで、うろつき廻るのも癪《しゃく》にさわるものだと、諦めて蒲原方面へ足を向けた時、山道を三人の道者が登ってくるのに出会った。白衣に身を包み、六角の長い杖をついて、口々に念仏を唱えながら継之助とすれ違う時、そのひとりが、

「お侍さん、どうされました。下りなさるのですか」

と声をかけた。

「いや、登るか、下りるか迷っておるところだが、やはり下りることにした」

と曖昧な口振りで継之助は答えた。継之助の言葉には、本当は登りたいのだが、この天候の故に諦めた、という意味がはっきりしていたのであろう、道者は、

「時には濡れるが、頂きは晴れていましょう。さあ、一緒に登りましょう」

と、勢いのよい言葉をかけてくれたので、継之助もついその気になって再び登りはじめた。およそ三、四丁もいった所で、雨がしきりと降ってくる。継之助はこの時点で、きっぱりと諦めようと、三人に別れてさっさと下山してしまった。下山しながら、今の今まで、このような不決断でおろおろしたことはなかった。まるで女子《おなご》のような心になったものだと、ほとほと自分に愛想をつかした。継之助が後にも先にも、このような迷いの気持ちで彷徨したのは、この時がはじめで終りであろう。

それだけ継之助の心を迷わせたものは、自分のこれからの目的である備中松山の山田方谷への

一日も早い会う瀬に心を傾けていたことと、見分を広めておこうとする知識欲とがぶつかりあったのであろう。登れるはずなのに、日本一の霊峰である富士の嶺に足を踏み入れなかったこと、千載一遇を逸したと後々まで悔みは残された。

七月九日に大坂を発った継之助は有馬に向った。宝塚清荒神あたりから急に山路へと入った。曲がりくねった山峡の間を縫うように登っていったかと思うと、山里に入る。峡谷を流れる清水の音はあくまでも清々しかった。時折、ひんやりと肌を撫でるように霧が過ぎていく。樹々の梢が揺れ動くのは、多分、猿が渡っているのであろう。

継之助は長岡で、藩主忠雅へ門閥弾劾の上申書を提出し、家老たちの感情を損ね、謹慎を命じられた時に、山中を駆けめぐり、鉄砲を獣に向けたことなどを想い出していた。

鍛冶に依頼して、十匁の火縄銃を作らせ、的を射たり、山野を跋渉したのは、抑圧された気持ちを晴らそうとしたのであろう。そのおかげで射撃の腕は日増しにあがり、藩中でも指折りの巧者になった。親友の小山良運は継之助の凝り性や、一度これと思いこんだら、とことんやり抜かないと心の済まぬ気質を心配して、忠告はするが、それも聞いているようで元からその気はない。やはり、自分の行き道だけはしっかりと守っているという風で、良運もそれをよく知り抜いているので、言わねばならないことは、づけづけと胸を刺す苦言が多かった。

山中で僅かの物音に気づけば即座に身構える姿勢は、継之助の好きこそものの……の譬を表しているのかも知れない。有馬の温泉場に着いたのは日暮れ時であった。静かなたたずまいの旅宿が、急な坂道沿いに数軒並んでいた。あくまでも穏やかで、湯煙りがたちこめている風情は湯治場の感を深めた。継之助は大坂の旅宿の亭主から、有馬の松葉屋という旅屋の名を聞き覚えていた。一軒の宿屋から番頭らしい男がとび出してきて、しきりと泊まるようにすすめたが、振り切って先を急いだ。それから数丁、登った所に、又、一軒の鄙《ひな》びた宿を見た。檜皮葺《ひわだぶき》の屋根が樹々の間から見え隠れしているので、それらしきものと継之助は思った。その時、男の大きな声が耳に入った。それは、叫び声のようでもあり、威嚇のようにも聞こえた。と、その声の合間に、かぼそく女の悲鳴の声も混じっていたので、継之助の足が急いだ。大きな岩を廻った道に出ると、そこは平らに広がった地であり、先ほどの檜皮葺の家がたっていた。入口の看板に「松葉屋」と書かれてあった。その家の前で、数人の浪人風の男たちが何やら喚き声をあげながら、ひとりの女を追い廻しているのが目に入った。継之助は浪人を五人と数えた。近頃、京阪に屯する攘夷を唱える浪人者が徘徊しているとは聞いていた。京の地を踏んだ時、やはりそれらしい浪人者たちが、肩で風を切って闊歩していたのを目撃している。

世も変ったものだと、継之助は慨嘆した。治安が悪くなっているということは、幕府所司代の権勢の衰えを見せつけられたようにも思った。町の噂によると、血腥《ちなまぐさ》い事件が処々に起きているらしい。時勢はいいや応もなく、異なった方向へと走っていることを、まざまざと見せつけられたのである。

浪人たちは何やら、女の嫌がる無理難題を吹きかけているように見えた。女はたすきに前掛け姿で、旅宿の女中風でもあった。浪人のひとりが女を突きとばしたらしく、女はそこへ崩れ倒れた。女の裾が割れて、白い肌が覗けた。男たちはそれを見て、ひどく卑猥な笑いを放った。

継之助はこの体《てい》の浪人に構うことは嫌だった。出来得れば避けたい所であるが、どうにも場が場だけに、ひっこみがつかない。それにこれから自分が泊まろうとする松葉屋の前で、無態《むたい》にか弱い女をなぶる彼等に、腹を立てたのである。

「お待ちあれ。そこの女子が何か理不尽なことでもされたのか」

その声は、浪人たちをびしっときめつけるように響いた。彼らは驚いて身を引き、継之助を見た。そのうちのひとりが、

「いずれの藩中のお方か存ぜぬが、われらに余計な手出しは無用」

と金切声をあげて叫んだ。その男はかなりいきり立った調子で、一歩足を踏み込んで、話によっては刀をも辞せぬ、という構えをとった。継之助も彼らを相手に刀を振り廻したくはなかった。これから敬慕する山田方谷に師事することが目的である。そのことを果さなくては、こんな所で無駄死にはしたくない。

こういう手合いは多少、金子でも与えれば直きに表情を変える。多分、この湯治場へも強請《ゆすり》、たかりが狙いでやっていたのであろう。

攘夷とか勤王とかを鼻にかけ、有馬へ妾を連れて遊びにくる京、大坂の商人たちに群がる無頼の輩である。

継之助は、彼らの意図を率直にあばき出してはかえって面倒なことになるし、それとなく覚らせなくてはならないと思った。それには、まず、こちらの力をも見せてからにしなければなるまい。

「さて、おみしゃんたちはその女子をどうされるということかな。武士がか弱い女に、ちと手荒だと思うが……」

次第に継之助の語気が強くなった。

「ここは湯治場でござる。猛々しい京、大坂と異なり、静けさが売りもの。どうかの、この場はわたしに免じて、その女子を貸してくだされ」

理屈だけは言わせてもらおう、それで駄目なら一戦、交えねばなるまいと心に決めた。

「黙れ、言わせておけば、いい気になりおって、お主は何ら関係ない、どけ……」

荒々しく、金切声の男が継之助の面前に踏み出した時、

「待たれい。そのいさかい、わたしが相手を仕《つかまつ》ろう」

継之助の背後から別の声がした。そこに二人の武士が立っていた。ひとりは長身痩躯《そうく》で、きりっとした端正な構えをしており、もうひとりは大柄で頑丈な体躯で、軽装ではあったが、どこか剣客風な立居振舞いを感じさせた。

長身の男は鋭い眼光で浪人たちを見つめていたが、継之助に向って軽く目礼し、やおら彼らに、

「お主たちのような浮浪の徒を相手にする気はないが、行きがかり上、致しかたあるまい。いい

加減にしたらどうだ」

といった。その時、すでに大柄の男は彼らの横手に廻りこんでいた。二人は尋常のものではない。血をみる結果になるだろうと感じた。

「何をほざく。こやつから斬ってしまえ」

と、金切声の男がいきなり刀を抜いて振りかざしたその時、先ほどの大柄の男が、すさまじい勢いで横なぐりに一閃した。見事な居合いであった。

「ぎゃー」と、悲鳴をあげて金切声の男は地上に転げ廻った。継之助の傍に、刀を握った右腕が落ちていた。度肝を抜かれたと見えて、他の浪人たちは苦痛でのたうつ男をかかえて逃げて走っていった。

女は青ざめた顔でその光景を見ていたが、意外に驚いた風もなく、しっかりと体を起こしていた。その凛とした態度に継之助はいたく感心した。長身の男が継之助に、

「失礼仕った。彼らには彼らなりの仕置きをいたさねばと思うて、余計な手出しをいたしました」

と丁寧な口調で話しかけてきた。

「かたじけない。その場の勢いとはいえ、当方にとって助かりました。わたしは越後長岡藩、河井継之助と申します」と礼を述べた。

「わたしは京都見廻組、佐々木只三郎、この者は同じく今井信郎」

と挨拶をしたその言葉で、継之助は見廻組について耳に入っていたことを想起した。幕府が京洛の治安警護のために設置し、当初はご家人の次男、三男の食いっぱぐれの連中を集めて、尊王攘夷論を唱えては、市中に紛争の種をばらまく浪人を取締まるのが目的であったが、そのうち、江戸から浪士団が編成され、やがて新選組と組織替えされ見廻組とは異なった武闘集団として第一線の警備任務についた。これはその後、市中にさまざまな事件をひき起こし、市民からも大そう恐れられていた。新選組がただ武闘を目的としているだけに、いずれも腕に覚えのあるものの烏合の衆となっており、幕府の単なるお雇い集団であるのに比べ、見廻組はあくまでも出身はご家人と規定されており、京都所司代の直属の任務を付与されていた。佐々木只三郎はその頭領でもあるので、長岡藩主、牧野候は徳川幕閣の重鎮としてよく承知している。

その限りでは継之助がその家臣であり、丁重に扱われても当然でもあった。

この佐々木、今井はその後、坂本龍馬暗殺事件に関与したことで有名である。

龍馬を一刀のもとでその前額部を撫ぎ、脳漿がとび出す程の傷を負わせたのは、やはり居合いの様相であろうし、頑丈体躯のものでなければ到底、出来得ないことである。維新後、薩摩側で今井信郎の龍馬暗殺に関する審判を付したが何故か、彼を放免している。

さて、見廻組はこの時期、はっきりとした組織は成り立っていなかったが、佐々木に指揮者としての委任が下った初期の頃であろう。

継之助は京都における幕府側の動静については皆目、無知であったので、その夜は三人で酒をくみ交わしながら聞く話は、非常に関心を持たせるに値いした。しかし、語り合うのは佐々木と継之助だけであり、今井は終始、黙ったまま、酒を飲んでいた。継之助はこういう類の剣客は好まない。何を思い、何をしでかすか判らないからである。佐々木も名だたる小太刀の使い手で、京都で暗躍する浪士たちからも恐れられていた。しかし、継之助は彼からは珍しい京洛のさまざまな風俗や小事件など情報をとらえることはできた。

当時の剣法は名門と呼ばれる北辰一刀流などが幅をきかせていたようであるが、今井の直心影流などもその一派に属していた。ただ、こういう組織の人たちは、比較的、正統派からはみ出して、アウトサイダー的な要素をもった剣客が多かった。例えば、新選組の近藤勇や土方歳三、沖田総司などは天然理心流という地方の剣法で腕を鍛えた連中だが、それでもその直流からはみ出した自己流の技法を存分に使っていたらしい。要するに正流からのはみ出し連中が、当時の混乱期に暴れ廻っていたことは、何やら現代の世相に類似した点があるように思える。

継之助は浪人たちに言いがかりをつけられていた女、名をうめといった――に興味を湧かせた。この旅宿の女中として働いてはいたが、身のこなしや言葉の利き方などは、どうも武家あがりのように思えてならない。それに、彼女の首筋に比較的はっきりと刀の傷跡が横に残っているのも気になった。何か曰《いわ》くありげと察した継之助の好奇心が激しく揺れ動きこの旅宿に暫くの滞在を決めこんだ。佐々木と今井は翌朝早く大坂へ向けて発った。佐々木は慶応四年(一八六八)正月三日の鳥羽伏見の戦いで戦傷死した。享年三十三。

継之助の推察通り、うめは近江膳所藩の家臣、井筒弥右衛門の娘であったが、家中の争いごとの煽りで、弥右衛門は藩中の誤解から死罪、お家取潰しとなった。母はこれを悲しみ、うめの首に刃を当て、自らも胸を刺して自害した。多分、娘への不憫の思いが致命傷に至らなかったのであろう。出入りの商人に救われ、その縁に当る松葉屋へ預けられたといういきさつであった。その後、慣れぬ女中暮しではあるが、物腰がよく、利発であったので、この界隈では評判の女であった。多少陰《かげ》りのある色白の面立ちは、艶やかな美しさを湛えていた。

浪人たちはうめの評判を聞いて、自分たちの宿所へ強引に連れ込み、酌をさせようと絡《から》んでいたらしい。うめは危難を救ってくれたことへの恩返しの積りで継之助の身のまわりの世話をしはじめた。しかし、継之助としては、あの場の行きがかり上のことで、むしろ、佐々木たちのほうが感謝されこそすれ、自分は何の役にもたっていないと、しきりに弁解するのだが、うめは聞き入れはしなかった。

継之助は酒を飲むと、しきりと長岡甚句をうたう。声がよいので、その歌声はよくとおった。うめはその歌声をじっと聞き入っている。多分、子ども時代の膳所城下のことを偲んでいるのであろう。父、弥右衛門は潔癖の人柄であった。余りにも頑《かたく》なな気質が藩中でも、融通のきかぬ男と評され、当り障らずの扱いを受けてきた。

継之助が声を掛けたということは、一つの縁《えにし》でもあったのかも知れない。膳所藩と河井家は遠祖で一つに繋がってもいた。河井家は元々、膳所藩主本多下総守に仕え、藩主の娘が長岡藩祖牧野忠成の長子に嫁した際、河井家もこれに従い、長岡藩に移籍したのである。うめと継之助とは遠い先祖において、その繋がりをもつ因縁があった。

長岡の城下は夏になると、盆踊りで町中が賑わう。町の人たちは毎日、歌に合わせて夜を踊り抜く。その歌声は平和なこの町の余韻を響かせて、人々の心を和ませていた。武士の参加は禁じられていたが、継之助は歌声につられると、もう居てもたってもいられず、妹の安子の浴衣をひっかけ、手拭いで顔をすっぽりと包みこむと、母には内緒にせよと、口止めをしては踊りの輪に加わっていた。

「お山(悠久山)の千本桜
　花は千咲く成る実は一つ」

と、時には自慢ののどを聞かせたりもした。踊りの中に入ると、人々は町人も農民も武士も誰も見分けはつかない。

親友の小山良運だけが、いつも苦い表情でその継之助の踊り調子を見つめていた。しかし、彼自身もそんな継之助の歌い振りは好きであった。

うめは継之助が行きずりの他人のようには思えなかった。継之助とは年令の差があるので、父親のような面影を抱いた。うめにしてみれば、或いは父、弥右衛門の死没したのは、継之助の年令であったのかも知れないと思った。

有馬の朝霧は日の出と共に、山間《やまあい》に身を隠すように消えていく。山の緑の色が鮮やかに濡れ光っている。かすかに宿から湯の煙が立ち上る。それは人々の夜の憩いから活動的な昼への誘《いざな》いの印しでもあろうか。

継之助は霧の中から姿を表わした。早くから有馬の山の気に触れていた。うめが谷川から水を汲み上げ、背に負って上がってくるのに出会った。継之助に会うと、驚いたように立ちすくんだが、恥ずかしそうなそぶりで挨拶した。

「大変な仕事ですね。あなたにはちと荷が重すぎるようです」

と労《いたわ》るように言った。

うめは、

「いいえ、こうして毎日の生業《なりわい》をしていられるだけでも嬉しいことでございます」

と爽やかな声で答えた。継之助はうめを好ましい女だと思った。女郎を相手にしていると気がおけなくて後くされがない。しかし、女の情の深さに触れることはない。やはり、男冥利につきるには、情の深い女が一番嬉しいものであるが……。

うめは利発すぎて冷たい感じがする。しかし、こういう類の女には、英雄、豪傑がのめりこみ、身を滅ぼすかも知れない。

うめの継之助を見つめる目に、普段の男を見るのとは又、違った輝きがあった。継之助の心はそれに気づく程、継之助自身が近づいてはいなかったのである。

継之助の逗留は三日と続いた。その晩、継之助は酌婦を呼ぶよう宿の主人に頼んだ。この温泉場には酌婦や芸者、それに女郎と男の遊びに事欠くことのない秘やかな歓楽も備わっている。所が、継之助の頼みを拒んだのはうめであった。そして、うめが継之助の相手をすると言い出した。これには継之助も往生した。酌婦というのは、夜の伽をすることも意味しているのだが、うめはそれでもよいと言い切っている。

継之助はそんなうめの実のある情に可愛さを覚えた。女郎という、そのことが商売の女に対しては、男もそれなりの思惑で交わるものであるが、うめのような女の情をまともに示されると、継之助も以前、久敬舎の鈴木虎太郎に言ったことのある「女のもつ情は男の肝《きも》っ魂《たま》をぎゅっと摑みきってしまう、そういう恐ろしい」ものを身をもつと痛感させられることなのである。

その夜、継之助はうめを抱いた。継之助は月明かりに、うめの首筋の傷痕を労わるようにそうっと撫でた。うめの体から火のように熱い迸りを感じた。

有馬を発つ日、いつになく晴れ上がった青い空が広がっていた。継之助はここからまっ直に、備中松山へ向かうことに決めた。急坂を下る時、継之助は後を振返ることをしなかった。うめが継之助の背をじっと見送っているのを知っていたからである。このまま、離れることが人と人との出会いと別れの行き道であり、空しさでもあるからであろう。

五

備中松山藩の地を踏んだのは、有馬を発ってから三日後のことであった。松山で一泊し、その足で町中を流れる高梁川に沿って三里程上り、西方村長瀬の山田方谷宅に着いた。

継之助は方谷宅への道を辿っているうちにふと、周囲の風景の違いに気づいた。非常に整然と水田耕地がなされ、耕田政策が進んでいることを表わしていた。松山藩では方谷の献策に従って、藩士の屯田化が進められていた。そのためには自らがその範を垂れなければならない。松山の家を引払い、この長瀬の水田のまん中に居を移した。山田準撰「方谷先生年譜」によると、

「城下ニハ官舎ヲ賜ヒ、公暇アレバ帰宅シ、僮奴ヲ督シテ荒蕪ヲ開ク。邸隅ニ草庵ヲ営ミ、無量寿庵ト称ス。先生、多ク此ニ起居ス」

とある。

継之助が山田方谷に接する本意は、方谷の実戦した藩政改革の妙味を知りたかったのである。特に久敬舎に居た時代、噂の高かった人物であるだけに是非、その謦咳《けいがい》に接することを心から望んでいた。一世を風靡《ふうび》した佐久間象山の門を叩いた継之助も、彼の豪邁《ごうまい》さは認めるけれども、人格的に問題はあると気づき、直ちに辞去してしまった。山田方谷の藩政改革は藩の窮乏に瀕した

財政を再建することが最も緊要であった。当時は幕府の諸藩に対する財政締めつけに拍車をかけるように洪水、飢饉等の災害、農民一揆が相次いで生じ、諸藩は軒並み辛酸をなめた。方谷は青年時代の遊学中に、藩財政の立て直しの対策を起草し、その意見が認められて藩政に適用され、それが成功を収めたというから、ずば抜けた識見と才能を持していたのであろう。彼の改革案は、上下節約、負債整理、産業振興、紙幣刷新、士民撫育、文武奨励の六項目からなり、いずれも行政の見直しと思いきった立て直しの実践に踏みきったのである。当時の藩主は幕閣にあっては寺社奉行の要職にある板倉勝静であった。彼は井伊大老の安政大獄の弾圧策に反論し、職を罷免させられた。方谷は失意の勝静に、「進退は義を以てすべきもの」、もう、これ以上こだわることはないと慰めている。この板倉勝静も名君であった。

名君と呼ばれるのは、決して門閥で判断せず、よい意見があったら、早速に用うる実行性のある見識と勇気をもっているからに他ならない、この点は長岡藩主・牧野忠雅とはよく似たところがあると言えよう。名君に従うもの、力量さえあればその才を伸ばす素地があり、非常に恵まれた環境だとも言えるのである。

藩政改革の例は幾つかあるが、その一つに、宝暦七年(一七五七)、信州松代藩(十万石、真田幸弘)が有名である。これは家老恩田木工《もく》によって行われた藩政改革で、彼の著「日暮硯」によって明らかである。木工は三十歳で家老職となり、勝手方御用兼帯に命じられて改革の大任を負った。彼の改革の例として、年貢納入に関する問題で、役人のご用繁多の理由で納入年貢を後日に廻した処置などは、はっきりと怠慢詮議を行っている。又、横領事件に対しての処置も木工らしく、厳しい処断をしているが、そこに人間味を付与していることは、彼の手腕のよさも物語っている。

その改革の骨子は年貢の金納形態、分納納入の制度で、非常に進歩的なやりかたである。その他、財政帳簿類の見直し等も手がけている。正直を心がけ、文武奨励して風儀の改革をはかり、神仏の信仰心を大切にする人間道徳の面での陶冶が重視されている。

藩政改革は藩主の英断と人材の登用とが相まって、秀れた政治感覚と実行力を備えた実践者が、ぴたっと気持ちが合わないと成功は覚束《おぼつか》ない。その点では、信州松代藩や備中松山藩はその最もたるものであろう。

方谷や継之助も既に一世紀程も前に実施された恩田木工の藩政改革については、十分にその知識は得ていたのである。家中、領民の信頼を得、困難な財政再建を推し進めていくために、自己を律するに厳しすぎる位、身を処した木工の四十五歳という短い生涯は、真の政治家が辿らなければならないある種の宿命なのかも知れない。それ程、世に名声を馳せることなく、着実に己へ課せられた大きな使命を果たして消えていく、もう一つの側面としての「英雄」は、繰り返し歴史の中に現れてくる。

方谷は継之助に対して、先の藩政の問題点について多くを語ってくれた。しかし、弟子としての入門は藩の許可が必要であるということなので、ひとまず城下の花房という旅宿に足を止めた。

継之助は部屋に行燈の火に揺らぎながら、方谷から聞いた話をもう一度、自分の心の中で反芻《はんすう》してみた。方谷の藩政改革の基本は、あくまでも財は政治の根本であり、その財を理する者は有用であるが、財に身を挺しすぎると、人の心は日々、邪《よこしま》になり、風儀も薄れ、役人の心は贈賄、収賄に身をやつし、領民は疲弊していく。財が整ったら直ちに、名教を立て、人の心を正義に培い、義と利との軽重を明確にしていくこと。義におもむけば利も自然に繋がっていく。こういうことが施政者の心掛けである、と説いている。

継之助は方谷の心意気を噛みくだくようにして、全身に浸み渡らせていった。新しい時代に対処していくために、経済中心に傾きすぎると文武は廃れていく。財政改革で、削るところは削ってもよいが、それは結局、人心に不満を抱かせ、頽廃的になり、文武は廃れていく。むしろ積極的に産業を振興し、新田を拓くこと。松山藩では、撫育方という役所を開設し、鉄製品の特産を始めた。これは江戸へ回漕し、江戸に産物方という所謂《いわゆる》、藩事務所を設置して、その営業に専心、利益をあげているのである。

こういう藩が一つの自治体政治によって、他処と交易をはじめると、産業が興り、利益も増していく。要するに貿易の実をあげることである。と同時に、方谷は藩内の教育に力を注いだのである。勿論、武士の子弟教育としての藩校はあるが、更に広く、一般庶民への教育普及政策を実施した。町民や農民の子弟が続々とこの教諭所へ通い、農夫の十二歳の子が、継之助の見ている前で、「唐宋八大字文」をすらすら素読しているのには驚嘆せざるを得なかった。

行政改革には、的確に今を見つめる判断力、未来を読む洞察力の秀れた宰相《さいしょう》の下に、一身を投げ出すことのできる実行力を備えた逸材が、率先して事に当る行動力が必要なのである。

とかく世の謗《そし》りを受けたり、反対者の阻害をこうむったりはするが、自らが庶民と同一線上で苦吟できる人物にして、はじめて素晴らしい行政改革が生み出されるのである。政治の駆引きに身をやつし、己れの利益とのかかわりで手を染めた人間には、狭小で固陋《ころう》な立ち廻りで終止してしまう。

継之助は短い月日のうちに、目まぐるしく方谷の理論、改革の実態などを見聞した。これは継之助の心中に、長岡藩のこれからの理想郷を広げるために大きな原動力となった。

継之助が方谷に入門を許可されたのは、八月に入ってからであった。その年は例年になく暑い日が続いた。彼の宿舎は城下から、更に離れた奥万田というところにある俗に水車と呼ばれた藩侯別邸であった。城下よりは山の手にある関係で、朝夕は冷涼な風が吹き入り、しのぎ易かった。

継之助は逗留中に、方谷の実施した松山城を防ぐ要塞地への藩士の屯田化、開墾地の状況など、つぶさに視察してまわった。充分、計算に入れた藩士の移住によって、彼等の窮乏を救う殖産を奨励させ、一石二鳥の未来図を描いていた。そこは一種の自治独立国的色彩を帯びていた。特に、教育に力を注いだ点については、継之助の心を強く打つものがあった。

長岡の母さだが、口癖のように、これからの女は教育を受けて、よき子女を自らの手で育成しなければ国は富まないと、強く主張していた姿を思い出した。父の代右衛門はそれに反駁もせず、女ごときが恐しきことを言う、とばかりに苦笑しつつも心の内は首肯していたのである。

方谷はこの松山藩に階級を度外視した教育を進め、更に子女教育を自由に開いていたことも継之助が母を思い出す契機となったのであろう。

継之助は久し振りに父・代右衛門に当て、手紙を認めていた。彼は筆を動かしている時に、妹の安子のことが偲ばれてしかたがなかった。男兄弟もなく、妻すがとの間に子もいない継之助にとって、安子は殊の外、愛《いっ》くしみ、可愛がっていた。開け放たれた縁先から、暗い夜のしじまが長岡のさまざまな情景を思い浮かべさせてくれる。中空にはまるで張り付いたように、大きな丸い月が、黄色味を帯びた光を投げかけていた。

秋の風が、継之助の頬を撫でる。その度に鬢《びん》のほつれが揺らいでいた。

「案ずる事も無益ながら、お安の家、替りなき様子に候わん。未だ年も若く候間、私共同事に艱難辛苦いたし候は然る可き事ながら男子とも違い、望みせまき故、張合いを失い候ては、気の毒に存じ奉り候。併し、女子にも辛苦艱難を遂げ、名を遺し候者も、昔より数々之れ有り、仮令《たとい》古人に及ばずも、心の持様にて人に勝れ候事に相い成る可く、随分出精致す可き事に存じ奉り候。只々心を広く持ち、気を屈せざる様にいたし度き事に御座候。

辛苦艱難を楽しみとするは、成人もかたんずる処、去《さ》り乍《なが》ら苦しんでするより、一身の考えの種にも相い成る可しと楽しんでするときは、一部の仕合せ、此等の言葉は誰も言う事に候之共、御両親様の御膝元を離れ、遠く知音もなき処に参り、此の味わい少しは覚えも之れ有る様存ぜられ、他念、家に帰りて忘れざるためにと何事も楽しみに存じ奉り候」

継之助の筆が、十六歳で禄百五十石、牧野金蔵に嫁した安子に、日頃の思いを託して運ばれた。腕白ぶりをいかんなく発揮していた頃に、いつも蔭でかばってくれ、そうっと後始末をしてくれていたのも安子であった。継之助にはそういう優しい心情の妹が、幸せな家庭生活を送ってくれることが何よりも嬉しいことなのである。

月の光の中で、継之助はふっと、うめとの有馬の短い逢う瀬を想起した。うめと安子は同年令程であるが、人としての生れあわせ、運不運の境い目によって、二人の身上の相違が明瞭に印されることに、おぞましい思いさえするのであった。代右衛門への手紙を認め終った後、それらの情を振り払うように傍らの帳面に、方谷から借りた「王陽明全集」を写すのに精を出した。継之助の心は当然、長岡への回帰に向っていた。

方谷が突然、藩主・勝静から江戸出府を命ぜられたのは安政六年（一八五九）八月の時であった。勝静の井伊大老への意見書提出から、大老から疎《うと》んぜられ、寺社奉行を罷免されたことで、これからの対処についての打ち合わせが必要となったのである。方谷が暫く松山を留守にすることになるので、継之助はこの機会に、更に西国への旅を思いたった。

松山を発ったのが九月も中頃、広島より西へ三里経て、宮島へ渡る船に乗った。

日はとっぷりと暮れ、あたりは暗い。船の舳《へさき》に吊り下げられた提灯だけが、僅かばかりの空間を照らし出していた。乗合いの者たちは皆、船床にごろごろ横になったり、座って酒を呑む者、なかには骰子《さいころ》を振って博打に興ずる者などさまざまであった。継之助はこの西国遊学で最も不快な思いをさせられたのは、この博打であった。旅宿で数人の雲助めいた輩、町人が集まれば必ずといってよい程、博打が行われる。それが一晩中、張った、張ったとやんやのうるさいこと、他人のことなどお構いなくの態《てい》たらくであった。一か八かの骰子一つで、金を手にしたり、失ったりの遊びは、継之助には不快そのものとしか感じられなかった。特に、博徒と呼ばれる遊び人は、武士並みに脇差しを腰に、庶民を放蕩の遊びに引き込む恐れが充分に備わっていた。

船は容易に岸から離れなかった。

満ち潮が九ツ（午前零時）と船頭は言っていたが、それも僅かずつの潮のため、ようやく船頭の掛け声と共に動きはじめたと思いきや、又、ぴたりと止まってしまう。船底が砂につかえるのであろう。船頭はもう暫く岸を歩いて、船が動ける地点までもっていくからと、乗合者に懇願してきた。ところが先程の博徒らしい数人の男は、急に床に横になって少しも動こうとはしなかった。

船頭は男たちに、一所懸命頼んだ時、

「うるせえやい。おれたちが金を払ってのった船だ。動かしてもらおうじゃねえか」

「さあ、動かしてもらおう」

と居丈高になって騒いだ。それを聞くと、他の乗合者たちも、それでは自分たちもと、船を降りようとはしなかった。継之助は、

「船頭が難儀しておる。ここのところは言うことを聞いたほうがよかろう」と人々を促した。継之助の物腰から、人々は再び腰をあげて船を降りはじめた。しかし、件《くだん》の博徒たちは一向に降りようとはしない。継之助は、

「おみしゃんたちも力を合わせてくれまいか」と声を掛けると、何を余計なことをするものかと言わんばかりに、「ほっといてくれ」と、その声が終らぬうちに、継之助の大きな怒声が彼等にとんだ。

「黙れ、つまみ出すぞ」

継之助の声の圧倒力は藩でも並ぶものはいない。一声で縮みあがる者が多い。機先を制して相手の動きを押さえこむ。それから、次の手段に移るのが継之助の封じ込め作戦である。博徒らはとび上がってその場に立ちすくんだ。継之助の第一の方法、機先を制して相手を動かした、と、次の手段は傍の櫂《かい》を素早く手にとって、ひと振り廻した。それは勢いよく空中に唸りを残した。その早業に、博徒らは腰がくだけたように、ひぇーと悲鳴をあげて船から岸へとび降りた。継之助はその櫂を水底につき立てて船を動かしてみた。

ざぶっと音をたてて船は動くが、決して充分ではない。とうとう、潮は逆に引きはじめ、船は全く動かなくなってしまった。しかたなく乗合人は共々、歩きはじめる。勿論、博徒たちも継之助から身を隠すようにして歩いていた。継之助は今宵《こよい》程、愚かな思いをしたことはないと痛憤した。しかし、人の世の生きざまには、このように愚かしいこともあろう。

二度と繰返してはならないと、自分自身に言い聞かせていた。それにしても、博打という生業を糧としている輩《やから》のこの世に多いことは情ないことだと思った。どこの土地へいっても、必ずこういう類の男たちがごろごろしている。遊びと言えば博打しか考えられないような世情である。宮島へ渡った時は、驚いたことに富くじが大流行で、年に六回も行われる。この島の住人はこれに依存していると聞いて落胆した。長岡の藩政を見直すとすれば、まず、この辺から手をつけなければなるまいと思った。遊びで生業が成り立つことが多ければ、それだけ国の滅びる傾斜は加速度を増す、と継之助は洞察した。

継之助が長崎へ着いたのは十月に入ってからであった。銀屋町の万屋《よろず》という旅館に泊ったが、どうもここは居心地がよくない。その日、折りよく、会津藩士、秋月悌次郎と遭遇した。彼も継之助と同じように諸国遍歴によって見聞をひろめていた。好人物で親切な男である。継之助は大体が威張り屋は嫌いである。

それ程の能力も持たないのに、やたらに権力がましい口振りをする者を見ると、とことんやっつけたくなる性分がある。

意気投合した二人は、日夜、長崎という異国の気が漂う町並みを歩き廻った。ここは異国の人間がやたらに多い。と言って言葉に不自由することもない。意外に気持ちは通じるとみえて、身振り手振りで意志を伝えることの出来ることも知った。唐人は「アチャさん」といって、街の人たちからも親しまれているらしかった。日本人と同じような顔をしているし、習慣も似たところがある。継之助も唐人の料理屋へいっては、もの珍しい唐人料理を食した。普段、淡泊なものばかり食している習慣は、唐人好みの油っこい料理が当初、とても喉《のど》につかえて通らなかった。秋月は慣れていると見えて、しきりに、「これはうまい」と頷《うなず》きながら、ぎらぎら輝いた肉の塊などを頬張ったりしていた。店から表へ出ると、何やら大声で喚く一団を見た。背の高い男がまん中に立って、そのまわりに数人の西洋人が集まっていた。通りがかりの女を見つけるとからかっている、多分、野卑な言辞をとばしているのであろうが、継之助たちには、とんと理解しがたい。背の高い男は顔の中へ落ちこむ程のくぼんだ目と高い鼻を見せ、いかにも西洋人という顔相であった。酔っているらしく、足元がふらついていた。そこへ唐人屋敷にでも使われているのであろうか、若い娘が風呂敷包みを手に通りかかると、急に男はとびついて何やらふざけかかった。娘は驚いてとびすさった時に風呂敷包みをとり落した。

鈍い破壊音がしたが、継之助は、これは茶器か何かであろうと判断した。娘は慌ててそれを拾い上げ、悲しげな表情でそうっとそれを持ち上げた。その風呂敷包みは既に形をなくしていた。娘は目に一杯、涙をためて、恨むように背の高い男を見上げると逃げ去っていった。背の高い男はそれを笑い声で送っていた。継之助はその時、急に目まぐるしく頭の中を有馬のうめのことが過ぎっていった。

彼は心の中が突如、湧き上がるような火の塊りを覚えるや、背の高い男にうしろからどんと突き当っていった。継之助がちょうど、彼の肩あたりかと思うような高さの違いを知った。「おうっ」と、叫んで路上に転がった時に、他の数人の西洋人が継之助を囲んだ。

しかし、継之助が両刀を腰に差しているのを見つけると、何やら叫びながら逃げていった。背の高い男は体を起こしはするものの、足が定まらず、ぺったりと地面に座っていた。秋月が「イギリス人か」と問うと、「ポーランド」と答えが返ってきた。継之助は長崎という日本の狭い土地に、幾多の外国人が居ることに奇異な思いがした。ポーランドとはどういう国であろうか。未だ見ぬ国の様相など、想起も出来ないもどかしさを覚えた。しかし、この男は既に、遠い東洋の国、日本へ足を踏み入れ、こうして現実に路上で酔い、倒れている。不思議な感覚が継之助の全身をすうっと走っていくのを強烈に感じた。

秋月は継之助のこの大胆な行動を呆れ顔で眺めていた。勿論、一朝事が起これば、黙って見過しにするわけにはいかない。それにしても、もっと無難な場所へ継之助を連れていったほうがよかろうと思った。秋月は会津藩士から唐通辞（通訳）になった石崎次郎太という男に、継之助の長崎案内を依頼した。

継之助は唐人屋敷に入ったのは初めてである。そこでは見るもの、一つ一つが珍奇である。一八四二年の清国とイギリスとの間の戦争はアヘンの問題から生じたものであるが、そのアヘンを吸っている人間が現実に、ここに居るということ。ラシャメンと呼ばれる異人相手の遊女が家族同様に出入りしている情景などは、継之助の度肝をぬくような突飛《とっぴ》なことであった。更に、オランダ屋敷でも赤い酒（葡萄酒）を飲んだり、巻煙草をもらったりして大いに喜びもした。長崎は継之助を、最初に海外に目を向ける機会を与えてくれたのであった。日本の外は著しく進歩していることも、自分の目で確かに見つめられた。

港に浮かぶ黒い鋼鉄のイギリス軍艦の傍を小船で通った時の印象は、継之助にこれからの長岡の将来像に更に夢をもたせてくれた。

二十八門の大砲の口が舷側から外へ突き出ていた。砲口は黄色い金属色の真鍮《しんちゅう》で蓋をかぶされ光り輝いていた。短い笛の合図と共に、一斉にマストにとび移っていく敏捷な身のこなし、裸になって海中にとびこみ、船腹を洗う作業など目撃してはつくづく西洋の進んだあり方などを感じさせられたのである。

秋月は継之助が長崎を発つ日まで、行動を共にしてくれた。別れの際には、ゆで玉子を二つと酒一合とを持参し、唐八景の山頂に座って餞《はなむけ》をしてくれた。その後、秋月と継之助は戦塵の中で相見えることになる。

横浜での出会い

六

継之助が西国の旅から再び松山へ戻ったのは、方谷が帰藩する二十日程前であった。継之助は師・方谷の許におられるのはこれが最後であると感じた。大老井伊直弼の強硬な弾圧政策は尊攘派の志士たちを次ぎ次ぎと捕縛江戸へ送っては処刑した。若狭小浜藩士、梅田雲浜、福井藩士、橋本左内、頼山陽の子、三樹三郎、長州藩士、吉田松陰等、即ち安政の大獄である。

継之助は江戸から帰った方谷からそれらの報を聞くや、時代の転換期が到来したと思った。幕府の力ではもう、新しい時代の流れに抗しきれない勢いがある。いかに力で押さえても、その力を跳ね返すもっと大きな力がやがて芽生え、育っていくことを感じたのである。方谷は継之助を前にして、諄々《じゅんじゅん》と説いて聞かせた。

封建の世は藩主という頂点のもとに、家老、年寄役という執政官が存在する。これらの執政官は世襲であり、門閥世臣として権力をもっている。身分制の厳しいこの世では、組織を崩すことは絶対にあり得ない。

確かに、方谷は農家出身で異例の抜擢を受けた。これは学職登用の道であり、本来的な組織の中での昇進ではない。藩主・板倉勝静の信任によって藩政の掌握を得たが、決して執政の身分ではない。あくまでも組織の上には位置していない。しかし、藩の政治責務を負わされるという重大な役目を荷なっているが故に、門閥の圧力はかかるし、組織の流れがスムースにはいかない面も多々あり、心労はすこぶる大きい。継之助は方谷と異なり、門閥の家系でもあり、その意味では比較的、容易な動きができることを方谷も、これからの継之助の長岡での動きに注目したかった。又、継之助は農家の出である方谷の才能と実行力を敬慕し、そこに武士である継之助が違った形で、これからの人間意識を抱く基になったのではなかろうか。

元来、継之助が学んできた陽明学そのものが、万人が良知（天子の霊知）をもっていることを認め、この点では万人は等しいと考えるのである。こういう学問の上から、継之助は後に、門閥を平均し、封建制度の組織を解体する改革を実施したのである。そのことは明治維新の大きな意味をもっている封建制打倒運動が、奇しくも幕府側である継之助の精神の中に脈うっていたのである。

因《ちな》みに陽明学は儒教の流れの中で、朱子学、古学、古文辞学などと同じである。朱子学が日本の学問の主流であったが、後に現れた陽明学は、知行合一――つまり、探求の理というものは自分の心の中にあり、生来、人間は良心をもっている。その良心を生かして行動すれば、それが立派な行動になるという説である。この陽明学に二派の流れがあり、内省的な性格を持つもの、精神修養を主眼とし、自己の心奥を陶冶することを目的とするもの、これは近江・高島郡安曇川村の出身、中江藤樹によって起こされ、中村敬宇、三島中州に流れる系譜である。更に、行動的な性格をもつもの、自分の抱負を積極的に生かしていく、自分だけで正しくしても、世の中は決して正しいものとはし得ない。多くの人への啓蒙と信念の伝達が必要であるとする説があり、これは林子平、大塩平八郎、橋本左内、横井小楠、雲井竜雄の系列である。継之助はこの行動的な性格の系統に属するものであろうとし、彼の直情径行一切の不善を退け、不義を排し、志に邁進する向きと考えられる。

方谷は継之助の厳しい直情径行の性格について、それが陽明学をどのように運用し得るか、甚だ不安感を抱いてはいた。そのために、改革事業というものは、その短兵に事を起こすべきではなく、時をかけて徐々になされるべきである。若し、急速に手がければ、何等得るところがないので充分に留意するよう、再三、継之助に語って聞かせていた。

継之助がいよいよ、松山を辞去する時、継之助のために、方谷は自分の愛読の「王陽明全集」を贈り、それに、

「王文成公集の後に書して、河井生に贈る」

と一文を添えた。それには、特別に、彼の周囲の反対や困難等も押し切って実行する厳しい気性

を案じて、王陽明の真の精神を学ぶよう忠告している。

「生の此に来る、既に半才。志は経済に鋭く、口は事功を絶たず。頗る事為区画を喜ぶ者の類し。今、斯の書を獲て之を読む。吾れ又、其の利を求めんと欲して、反って害を招かんことを慴《おそ》るるなり。夫れ、利を己に享けて、人の害を顧みざるは書賈の為す所の如し。吾れ、之を為すを忍びず」

後年、北越戦争にて継之助の死を聞いた方谷はひどく悲しんで、自分のもとで陽明学を学んだためではないかと心を痛めたが、長岡の藩情や、やむを得ない諸情勢を聞いて安堵したと言う。

しかし、継之助の死を悼み、

「碑文《いしぶみ》を　書くもはづかし　死に後《おく》れ」

との句を呼んでいる。この碑文は継之助と親交のあった方谷門下の三島中州によって、現長岡市悠久山に建っている。

継之助が松山を離れる日がきた。万延元年三月であった。彼は自分の生涯にとって、指針を与えてくれた、かけがえのない師の許で学ぶ機会が与えられたことが、これからの長岡藩を背負う大きな糧として前進に蓄えることが出来たと喜び、心に期するところは多かった。方谷の家を去る時は、あの王陽明全集と酒を満たした瓢たんとを振分けにして肩にかけ、渡し舟で高梁川を渡った。対岸に着いた継之助は、後ろを振り返って見ると、方谷がじっと立って見送っていた。

その時、継之助は心の中に、山田方谷という師を知り、師事した一年の時を思い返してみた、継之助の胸中に、これからの大きな夢をふくらませ、望みを満たしめてくれた人格のあったことを。

それは火の如く燃え上がり、やがて継之助の力となって動きはじめていくように思えてならなかった。方谷を知ることで、さまざまな人との出会いがあり、また知識、体験を得ることもできた。方谷は継之助自身の心であり、魂であると覚えたのである。継之助はうれしさと別れの哀しさに、その大きな目から溢れ出る涙がとめどもなく流れ落ちた。はるか対岸の方谷の姿がかすんで見える。と、方谷が右手を上げた。耐えられなくなった継之助は、その場に膝を折って座った。そして、両手をついて方谷を拝した。茫然としながらも立って歩き、再び方谷に向かって座っては拝した。方谷はその度ごとに深いうなずきを返していた。そこには継之助に対する愛着とこれからの期待をこめた気持ちがあった。その行為を幾度か繰り返した時、継之助の傍に立つ大きな榎の樹の蔭から、一羽の鳥が勢いよくとび上がっていった。それは又、川面を滑るようにして、方谷の立つ岸の向うに消えていった。

継之助が江戸へ戻った時は江戸の様相は一変していた。白昼、公然と徒党を組んだ浪士らに、大老井伊直弼が襲撃された事件が生じ、それが幕府を根柢から揺さぶる結果となり、やがてテロ行為へと駆り立てる血腥い時代への突入となっていたのである。藩邸で義兄の梛野嘉兵衛から事態を聞いた時、継之助は来るべきものが来たということを痛切に感じた。

嘉兵衛は藩侯側役であり、牧野侯の幕閣で収拾策に困難を来たらせていることは、よく判っているのである。継之助はしかし、的確に嘉兵衛に返答をしている。

「これからの形勢はとかく、大きく変わりましょう。諸外国とは親しく国交を開き、新しい知識や技術を取り入れることが大切だと存じます。もう、これからの時代に公卿とか武士とか特別な階層は不要です。国の民が皆、一緒になって国力を増進させ、新しい政治形態を作り出していくべきでしょう。多分このような意見を人が聞いたら驚くでしょうが、おそかれ早かれ、日本はそうなる筈です」

と義兄に言い切っている。

継之助は早晩、幕府政治が大きな壁に突き当たることは予想していた。となると、長岡藩の行末は幕府譜代の名門だけに、幕府の運命と共にしなければならない。とにかく、新しい時代の考えは薩摩・長州藩が中心となってうつ勃《ぼっ》と湧き起こっている。諸外国の圧力の下に、止むなく開港に踏みきった幕府の力は、そういう各藩の論理から見ると、まことに腰の弱い対応でしかあり得ない。一たび、相手の弱さが露呈してくると、新しい改革的な勢いは雪崩込むように迫ってくる。

継之助は新しい藩政の行く道や藩の力を結集する必要を痛感した。それには、根底から今までの行き方を覆《くつがえ》すくらいの覚悟を要すると腹を決めた。新しい世界の文化を理解し、吸収することと、新しい戦力によって藩の力を強化すること、このことに帰すると考えた継之助は横浜に行くことを決心した。そうなるといつものように矢も楯もたまらず、直ぐに実行にかからねば気が済まぬ継之助であった。

当時、横浜は幕府から新しい開港地として、町づくりが着々と進められていた。当初、条約によって外国人の居留地は神奈川と決定されたが、東海道の道筋にあるため、諸大名との摩擦を恐れ、むしろ交易の便宜さよりも安全確保の理由で、横浜へ移転することになった。この場所はそのために陸続きに広く掘割をめぐらし、橋を架けて出入りや外部から持込まれる品物への課税の面も考え、チェックする厳重な取り締まりになっていた。

居留地が決まると、各国領事館、商館、宣教師、さまざまな外国人が入り込んだ。それは非常な早さで、西洋風の建物が建ち並び、教会の尖塔も望見できるようになった。この当時、中国における大商事会社ジャーデン・マガソン社、デントン社、上海のフレッチャー社、バーネット社、イギリスの一流会社アスピナル・コーンズ社、マックファーソン・マーシャル社、アメリカのウォルジュ・ホール社など、めじろ押しに進出してきた。

継之助は神奈川の渡船場から舟で、居留地のある象ヶ鼻の近く、弁財天の渡船場に着いた。西遊の前にこの地を訪れた時と比べ、はるかに繁栄していた。特に洋風の建物が並び、金髪の男女や中国人らしい人たちが忙しく行き来しているのが目撃された。彼は以前、世話になったことのある通辞（通訳）を訪れ、外国人商人との接渉を頼んだ。その時に紹介されたのが、スイス人で武器をはじめ、さまざまな商品を手広く扱っているジェームズ・ファブル・ブラントであった。ブラントは気さくな、いかにも欧米人らしい男で、継之助の意図を聞くと、大変、歓迎の気持を表わしてくれた。継之助とは気が合ったのであろうか、いつの間にか、ブラントの家の食客のような形で住みこんでしまった。継之助にとっては、外国人との生活を共にすることが、最も西洋事情を知り、交易を円滑にする近道だと思ったのである。ブラントの家は居留地の中心街にあった。そこは階下が店の構えになっており、事務所と交易商品等が所狭しと置かれていた。この家から東側は波止場に通じる。幾多の船が碇泊しているのがよく見られる。その一つひとつが直接諸外国と繋がっていると思うと、継之助の心は世界へとび立ちたい躍動感を覚えるのである。波止場の端を流れる中村川は堀割で、橋を渡ると掛川藩の陣屋があり、並んでイギリス、フランス軍の駐屯地がある。一旦、事が起これば一戦交える備えが構えられていた。継之助は居留地の西側に広がる沼地の傍の西大橋を渡ると、山手と呼ばれる小高い丘を上る道をよく散策した。ここからは横浜の港そのものがよく望める。ここは又、住宅や協会、墓地が並び、外国人たちの散歩道でもあった。涼風の吹く午後である。

時折、港から蒸気船の気動の音が響いてくる。ブラントと継之助は教会へ通じる散歩道を上っていった。ブラントはよく、継之助に欧米の状況を話してくれた。この日も、しきりと武器について説明していた。しかし、継之助はこの商人から直接、武器の取引きについては話を進めなかった。藩邸では継之助の説得で、藩の武装体制については優れた案を提供しているので、新式兵装の下調べを継之助に要請していた。継之助は既に藩の近代化体制について重要な一任を負わされていたとも考えられる。

白い教会の建物が見える所にさしかかった時、顎鬚《あごひげ》を蓄え、茶色の髪の男と日本の着物姿の女の二人と行き交《か》った。顎鬚の男は一見、宣教師風であった。ブラントは挨拶を交わしてすれ違った。継之助は一緒に歩いていた女の姿を見た時、一瞬、雷にでも打たれたような心の衝撃を覚え、熱い血が頭にのぼるのを感じた。色白で、清楚な美しい面立ちが、今まで交ってきた多くの女の誰にもない神秘さを湛えていた。女から芳《かぐわ》しい霧のような漂いが継之助を包んでしまうような雰囲気であった。

「あの者たちは誰ですか」

と問うた。ブラントは目の前の教会を指して、

「ここの宣教師、ダビット・タムソン先生ですよ。あの婦人は教会のお手伝いをしている志野さんという方です。素敵な人でしょう」

と口をほころばせて言った。

当時の宣教使の活動は、幕府から直接、日本人に対する伝道を禁じられていた。居留地における役割は、これからの日本の情勢に合わせて、伝道活動に従事する準備にあったのかも知れない。しかし、日本人の中には、キリスト教に関心を持ち、近づく人々も多くいた。

その目的はキリスト教信仰そのものよりも、むしろ西洋文明への接触の最も手近な方法としてという利用が多かった。しかし、一旦、新しい西洋文明に目を向けると、どうしても通り抜けなければならないのは、キリスト教思想であり、信仰という門であった。

或る日、継之助はブラントにタムソンの教会へ連れていくよう頼んだ。ブラントは驚いて、

「どうしたのですか。あなたは武士です。教会に出入りすることは禁じられている筈です」

と言うと、継之助は、

「いや、少しも構いません。何も、信じようとしているわけではない。わたしは志野さんに会いたいだけです」

と答えた。ブラントは、

「あなたは正直な人だ。それではタムソン先生に紹介しましょう」

ブラントは笑いながら引き受けた。

このダビット・タムソンはアメリカ長老教会伝道局から派遣され、当初、この横浜で日本語の習得や諸事情などを学んでいた。後に、日本キリスト教伝道史に名を残すヘボン、バラらと共に聖書の翻訳に従事し、マタイ伝福音書の和訳に成功した。彼は小川義綏《よしやす》から和漢の学を修め、幕府運上所の教師をも務めた。

彼から学んだものは多く、後の新政府の逸材が輩出した。小川義綏は多摩郡の農家出身だが、一時、武家へ養子後、神奈川にて外国人のための日本語教師となり、和歌山藩にタムソンと共におもむいた時、突然、入信し、伝道者として大きな業績を残し、一九一二年没。

タムソンの教会は小造りでまことに粗末なものであり、白い色だけが人目をひいていた。

木造りの小さな礼拝堂と脇に小さな部屋があった。タムソンの住宅は教会の並びに建てられて

おり、志野は教会の二階といっても、天井裏のような狭い納戸風の部屋に起居していた。タムソンの聖書和訳の準備に、志野も懸命に援《たす》けていた。継之助がタムソンと話をしている部屋に、志野が茶を運んできた。

それは今まで口にしたことのない妙に茶色の濃い苦みのあるものだった。継之助はこの時はじめて、欧米の紅茶を飲んだのである。

志野が静かに接待をしている様は気品さえ感じられた。

「志野さんは信仰深いお人です。あの方の信仰と才能は、わたしのこの仕事に大きな援けになっています。日本のたくさんの人に、聖書を理解してもらうことがこれから大切でしょう。継之助さん、それがあなたの考える西洋理解の糸口だと思います」

タムソンはしきりと、聖書の話を熱心に語り出した。彼は継之助と話をしているうちに、継之助の心の広さや進取の気性をすばやく見出していたのである。

日本の武士気質とは又、異った近代的な性格を継之助自身から読みとっていたのであろう。

タムソンの許には幕府講武所教授方の江原素六や土佐藩士、片岡健吉、幕臣、古屋作左衛門らも訪れている。

江原は戊辰戦争後、静岡にて沼津兵学校を設立、士族授産事業に貢献した。衆議院議員等を経て、入信、静岡県におけるキリスト教伝道に実績を印した。

片岡は戊辰戦に板垣退助、谷干城らと出陣、会津戦争にも加わっている。後、立志社社長、自由民権運動の推進者、衆議院議長などを務め、入信、日本キリスト教会伝道局総裁、東京YMCA理事長などを歴任した。

古屋は幕府歩兵奉行、江戸城開城後、幕府を脱走、旧幕臣等を率いて戊辰、会津戦争に猛将ぶりを発揮し、その後、箱館戦争に転戦、戦傷死している。年三十七歳。因に彼の実弟は日本最初の赤十字精神を表わした医師高松凌雲である。古屋は横浜に住した時に、タムソンやバラ、ヘボンらについて英字を勉強し、その語学力は秀れており、一時、通訳として活躍したこともある。日本最初の外国兵書の翻訳出版「歩兵操練図解」「英国歩兵操典」は彼の訳筆である。

継之助とは後に、奇しくも北越戦争にて顔を合わせている。

継之助の思考論理の中に、すこぶるキリスト教的素養のあることを、タムソンは察知していた。多分、継之助の学んだ陽明学の部分に、キリスト教の論理によく似た点があったのであろう。タムソンは継之助が聖書を理解していると思い違えたほどであった。

継之助はその後も、タムソンの教会に繁く出入りをした。しかし、志野はゆっくりと話す機会が見つからなかった。

七

晩秋の山手は、街路樹からこぼれるように枯葉が舞い落ちる。その音がカサカサと道の端に沿って奏でてくれる。継之助はその日、教会へと急いでいた。彼の懐には、志野への土産にと思って、中華街から手に入れた焼売《シュウマイ》が入っていた。歩く度に、その香ばしい油の匂いが鼻をつく。

教会のそばで志野はうずくまって、庭の草花の手入れをしていた。その中にひときわ華やかに赤く色どる大輪の花が揺れていた。

「志野さん」

継之助が声をかけると、志野の美しい顔が振り向いた。その穏やかな面持ちは、継之助にほっと安堵感を与えてくれる。

「それは何という花ですか」

継之助が珍しく花の名を聞いた。

「バラと呼ばれています。タムソン先生がお国から根を持ってお出でになられたのです。とてもよい香がします」

継之助はその花の香をかぐつもりで、思わずその茎を指で握った途端、激しい痛みが腕を走った。

「あっ」

と指を見ると、二寸程の刺《とげ》がつきささっており、小さな赤い血の塊りが出ていた。

「触れないほうが宜しいのですよ。これには鋭い刺がありますから」

志野は自分の手拭いを裂いて、継之助の指にきつく縛った。志野の髪の匂いが、継之助の鼻を心地よくついた。継之助はバラよりも、志野の香りのほうが余程、素晴らしいと思った。

「美しい花には毒がある。という譬《たと》え、そのままの花を知りました。これから充分に気をつけましょう」

と継之助は照れ隠しのように呟いた。

「志野さん、あなたはどうして、この家のお人になられたのですか。わたしには妙に気になるところだが……」

継之助ははじめて志野に尋ねてみた。

「継之助さま、わたしの身の上をお聞きになられても得るところはございません。ただ、タムソン先生に救われて、毎日が幸せに過させていただき嬉しゅうございます」

志野はそれが本心から出た言葉だと、継之助には判かりすぎるくらい判った。誠実に、言葉少なげに語る志野は、素養のある家の出であると見えた。しかし、多くを語りたがらない彼女に、それ以上は聞くことを憚《はばか》れた。

この外人居留地で宣教師の許に仕える知的で美しい志野に、何か詳らかに出来ない理由を覚えるのは誰しも当然であろう。

「志野さん、その継之助さまと呼ぶのは止めて欲しいな」

「それでも継之助さまはお武家でございます。聞くところによりますと、長岡藩のお重役とのことでございます。決して粗略には出来ません」

「これは困ったな。わたしはこの横浜では、長岡藩でも武士でもない。一介の河井継之助という男です。そのように扱ってください」

継之助は格式にこだわらない気楽な人柄であるのをタムソンもよく評価していた。日本の武士はその格式のために進歩が果せない。

いつの時代までもその格式が通ると思ったら間違いだと、タムソンは口癖のように志野に話をした。タムソンは決して両刀をたばさんだ武士を怖がらなかった。志野を連れて駐日アメリカ総領事ハリスの居館のある江戸麻布の善福寺へいった時、途中で二人の武士に言いがかりをつけられた。そのときのタムソンは毅然として彼等に立ち向かった。その気力に押された武士は何ら手を出さなかった。タムソンはいつも、

「わたしには武器はない。しかし、信仰という楯がある」

と信念をもって言いきっていた。

ブラントから聞くところでは、志野は継之助が横浜へ着く前に、江戸で起った攘夷派浪士たち

のイギリス公使館襲撃事件の際、警護していた掛川藩士、菱田重兵衛らは敢然と防戦に出て、浪士たちを追払ったが、そのとき、受けた手傷がもとで死んだ、重兵衛の娘が志野であり、公使館員の世話でタムソンの許に寄寓することになったのである。最初は志野も抵抗はあったが、タムソンの高潔な人格にうたれ、自らタムソンの仕事の助手をかって出た。今ではタムソンにとって、なくてはならぬ助け手である。しかし、志野は性来、病弱であり、決して無理のきかぬ体であった。冬になると発熱や咳がしきりと出て、苦しむことも多かった。タムソンは医師ジェンキンスの手当をうけさせて看護していたこともあった。タムソンは志野の抜群の語学力と隠された才能を認め、日本の世情が落ち着いたら、この地に婦人のための学校を設立し、志野にその指導を任せようと考えていた。

継之助はブラントから、志野についてのこの話を聞くと、志野という女の人柄がよく判るような気がするのであった。不遇な事情の中で、これからの日本という国の近代化のために一役かって出ようとする姿が、幻のように継之助の頭の中を去来するのであった。

継之助はタムソンに西洋が技術も秀れ、武力の富む大きな原因は何か、を問うた。タムソンはまず第一に、人権を重んじることを説いた。それには日本のような階級差別をいち早く撤廃して、神の前に平等である意識を高めること、徳川幕府三百年の武士社会を頂点とした四民の階層が国の進歩や文化の発達を遅らしめていることをタムソンは力説した。

第二に婦人の権利を尊重すること。日本の社会のように、婦人は男の隷従者であることは、社会発展を阻害している。特に社会的に問題となるのは公娼制度であり、妾を平然と囲う習慣に対し、憤りを以てこれに反対し、継之助には心胆を寒からしめる意志であった。

このとき、タムソンは横浜に女学校を設立し、日本の婦人の教養を培うことを特に話して聞かせた。多分、タムソンには志野の性来の使命を継之助にも聞かせたかったのであろう。

継之助はその夜、まんじりともせず、タムソンの話を回想していた。

神の前に平等である人間社会とは、自分が学んできた陽明学と同じではないのか。王陽明の理想として、「抜本塞《そく》源の論」にも「万物一体の仁」の思想がある。人の才能というものは階級とか閥とかによって左右されるものではない。それぞれの適応した才能さえあれば、どんなに低い地位でも決して恥とせず、天下の人々が皆一家族のように助け合い、親しみ、その能力を充分荷発揮して役割を果たしていく、とする精神的な徳の持ち方を強調して、水平原理を説いている。これが有名な心即理・知行合一・致良知の説である。

継之助はタムソンの説くキリスト教的原理に深く心を傾けはじめていたのである。タムソンのプロテスタンチズムはピューリタニズムが基礎になっていた。その潔癖性は極端に清廉、正直、正義を重んじた。アメリカ開拓の基礎はそのピューリタニズムによってなされたのである。継之助がタムソンの思想の源泉であるその気格に親近感をさえ覚えるのは、彼自身の性来の潔癖性が相互に引き合うのかも知れない。タムソンは決して折伏《しゃくぶく》することはなかった。継之助に理論に対する意見をしきりと求めていた。これは陽明学の「講学」と同じである。要するに書斎に立て籠る学問と異なり、研究会、討論会を催して、万人の意見を求める。タムソンの方法は非常によく似た手段で、継之助にキリスト教思想を注入しようとしていることに、継之助自身も気づきはじめた。

タムソンは人の権利を尊重することや日本の封建社会における階層の差別を激しく糾弾した。神はその人、その人に素晴らしい賜物として才能を与えてくれた。だから、その機会を為政者は与えるべきである。そして女性の権利を高めること。公娼は即刻廃止すべきであり、武士社会の側室や妾の風習は人権無視であると、口を酸っぱくして、何度も何度も躊躇《ためら》わず継之助に語った。タムソンは継之助との話の席にはいつも、志野を傍において必要なところは志野にも語らせた。志野はタムソンの言葉を巧みに継之助にわかり易く話して聞かせた。特に、女性の教育の必要性については、志野の美しく眩い目が潤むほど熱っぽく語っていた。継之助は惹き入られるように志野を見つめていると、その強い視線に気づいた志野は頬を赤らめた。継之助はその時ほど、志野を美しい、美しすぎると感じたことはなかった。

継之助は志野を恋しているのかも知れないと、自分の心の奥底をまさぐってみたい気持ちにもなった。

継之助の女性観はまことに単純なものであった。女に対しては荒々しい行為でしか臨めなかった。衣服を剥ぐ、女の白い剥き出しの肢体に割っていく。そういう男の性が、女に対する情けだとしか思えなかった。しかし、志野との出会いが継之助に新しい女のイメージを変えてしまったのであろう。女の美しさ、高潔さ、底知れない奥床しさが継之助の心の芯に、得も言えぬ大きな衝撃を与えたのである。まるで、志野を女として抱くという欲求そのものが、継之助の体内から噴き出してこないのである。むしろ、その思いそのものが猥《みだ》らで、哀れで仕方がなかった。タムソンが聖書の言葉であると説いた、〝女を見て色情を抱くものは姦淫〟という己の心の恥を露呈されたような戦きを覚えるのである。

「違う、何か違う」と、継之助の心の揺れが叫んでいた。

タムソンが聖書というキリスト教の教典の中に登場してくる竜の話は、継之助には非常に鮮明な印象を与えてくれた。「ヨハネ黙示録」に出てくる天使ミカエルとそのみ使いたちとが戦った竜の話である。

それは年を経た蛇であり、悪の権化でもあった。形は蛇に似ているが、海の怪獣と考えられ、神秘的動物である。やがて神とその民に敵対する勢力の代表者を示したという幻想的な逸話であった。タムソンはこれをタンニーンと呼んでいた。

タムソンとの交わりは、継之助の心奥にある大きな重量感をもった魂のようなものを、どさっと投げ込まれた覚えがした。それは陽明学を学び、松山の山田方谷から得た実践的な行動に、更に継之助の意中にある長岡理想郷の未来図を描く結実の役割を果していったのかも知れない。

ブラントは時折、苦笑いしながらも、継之助がきっとそのうち、キリスト教の伝道師になる、とでも言い出さないかとやきもきしていた。

継之助の本来の目的は、長岡藩の近代化を進めていく上での必要な知識と準備を、ブラントを通して実行していくことである。

或る日、ブラントは継之助に、出入りのオランダ商人ヘンリー・シュネルとその弟エドワルド・シュネルを紹介した。彼等の住居はタムソンの教会の更に奥にあった。そこからは本牧海岸が見通せ、舟の出入りが一望できた。タムソンは継之助がシュネルと交際することを極度に嫌い、近づかないよう勧告していた。しかし、シュネルのほうは又、違った視点でタムソンに親愛の情を示していた。自分には求められない潔癖さ、信念の強さ、正義感を賞賛し、尊敬もしていたらしい。そのために継之助がタムソンに接していくことに対して好感を抱いていた。シュネルの評判が悪いのは、利得のためにはあこぎな商売をするとの噂があり、死の商人とまで言われる程、多量の武器をどこへでも売り込んだからである。継之助はこのシュネルとの関係が更に信頼関係にまで発展し、北越戦争では継之助のためには、最後まで支援をしていたのである。

長岡藩の兵制改革の際は、シュネルから手に入れた最新式の元込銃、ミニェー銃を全藩士に持たせる事ができたと言われている。

ちょうどこの頃、継之助の目の前に、ブラントが一冊の分厚い洋刷りの商品カタログを差し出した。それを開くと、継之助の目に、異様な風体をした大砲の写真がとびこんできた。二つの車輪をもった大砲の形はしているが、砲身は銃筒が何本も束ねられ、まん中ほどに長方形の箱が突き立っていた。

〝What's this?〟《「これは何だ」》継之助は勢いこんで発問した。ブラントはその継之助の激しい興味に拍車をかけるような笑いを、その厚ぼったい唇に浮べた。それは性来、もっているブラントという商人の素顔であった。

「ガットリング・ガンですよ」

要するに、回転銃で、現在の機関銃の前身である。当時は手動式で、一分間に三〇〇発から四〇〇発程の発射能力があった。銃身が六本から十本、環に束ねられ、弾丸が長方形のホッパーにセットされ、手動のクランクを廻す度に銃身に装填される。クランクの回転が一番下へ来たときに発射される仕組みになっている。この武器は文久二年（一八六二）アメリカのリチャード・ジョーダン・ガットリングが製造、南北戦争の時に決定的な戦局帰趨の役割を果したといわれる。アメリカ政府が正式に採用したのは、南北戦争終了の翌年、慶応二年（一八六六）であった。

継之助は胸の中に火の燃えさかるような熱さを覚えた。これからの長岡藩の強い力になるような揺らめきを心に感じる。そのカタログから継之助は目が離せなかった。ブラントはこの銃については余り、商売としての乗り気は起こしていなかった。今の日本の各藩の体制では、これを使いこなす役割は感じられなかったからである。むしろ、日本の刀から新しい鉄砲への転換のほうが急務と思い、それによる兵装を進めるよう勧告してきた。

しかし、継之助はブラントに、このガットリング砲を長岡藩との取引きの中に極力、加えることを要請した。実際、ブラントが商品倉庫に保管しているこの砲は一門であり、アメリカの商館との手続きで、更に輸入は可能であることも説明された。倉庫に案内された継之助の前に姿を見せたガットリング砲は、予想以上に継之助の心を動かした。これで武装した長岡藩の守りは固くなる。早く兵制改革へと継之助の心は早鐘のように鳴っていた。

八

冬の訪れの前触れは関東特有の木枯《こがら》しである。午前中は穏やかな日和りで、南側の窓際にいると、陽光がガラス戸を通してさんさんとふり注いでくるのがわかる。ともすると、暖かさで居眠りを催す。継之助は長岡の冬を思い出していた。雪の少ない関東では想像もつかない自然条件であるだけに、冬に対する生業の備えは万全である。しかしそれでも、時には高さ十八丈余の豪雪の中で、昼も暗夜の如く火を点して家の内を照らす生活である。

雪崩で災害をこうむる人家もあり、雪どけの洪水で田畑を流失することもある。越後を治めるには、雪を制することが肝要という思いが、継之助の胸中を駆けめぐっている。それに比べて、雪のない国々の繁栄は殊の外、著しく、速やかに長岡藩の立て直しをと、あせる思いを密かに沈めることがしばしばあった。

ブラントからこの商館街界隈に怪しげな風体の男が数人出没し、外国人とみると威し、倉庫などに侵入していることなどを聞いた継之助は、今まで食客として世話になった恩返しにもと、その日から夜廻りの役を引受けた。

寒さには慣れた継之助も、夜の冷たく吹き付ける風は骨身にしみるようであった。顔を手拭いで頬かむりをし、尻っぱしょりで、拍子木を叩きながら定時刻になると、商館街から山手の住宅地へと足を伸ばした。継之助には志野を守ろうとする気持ちが働いているのであろう。教会の窓の灯りが見える場所から、再び商館街へと迂回する。

一度例の怪し気風な男との遭遇はあったが、継之助の姿が武士と見てとったのであろうか、直に逃げ去り、その後、姿を見せなくなった。ブラントら外国人たちは継之助の行為を非常に喜んでいた。

その頃、谷戸橋の近くの陣屋に滞在している掛川藩の警備隊の指導を取っていた福島住弌《すみいち》が一日、ブラントの店へ用務で訪れた。

役目柄、居留地の外国人の家を訪れては、その地域の居心地を聞いたり、苦情承たまわりといったことを手がけていた。店先に、黒の紋付に木綿の兵児帯をしめたおかしな衣装姿の武士が居るのを目撃した。その男はブラントとはかなりの親しさを表わして話をしていた。福島はその男に名を聞いた。

「わたしは越後長岡藩・河井継之助」

と簡単に名乗った。

「長岡藩の河井氏でしたか。これは失礼仕まつった。所で、藩邸の方はどのように……」

福島は何か、おかしさがこみあがってきたが、その事情を聞いてみたい好奇心が湧いた。

「つまり、わけがあって藩には内密で、ブラント氏の好意により、ここの食客になっております」

と継之助は答えた。それを聞いたブラントは、

「河井さんには食客どころか、ここの居留地の人たちを守っていただいて感謝しています」

と打消した。福島は継之助が長岡藩で、何か大きなことを考えているのであろうと推察した。彼が噂で耳にしたところでも、ブラントやヘンリー・シュネルとの間では、一、〇〇〇挺にも及ぶ新式ミニェー銃や弾薬を購入する取引きが進められているのであった。幕府や各藩では、先込式のゲベール銃や旧式の火縄銃が未だ使用されていた。しかし、その後、ライフルの施されたエンピール銃や発射と同時に、弾丸の後部がガスの圧力で広がり、ライフルに食いこんでガス漏れを防ぎ、命中率を高めたミニェー式弾丸の効果が見直され、競ってこの新式武器の購入を急いでいた。継之助が藩のために入手したのは、先込式のミニェー銃で、口径一六・六ミリ、全長一四一センチ、銃剣が装着されている。しかし、その後、このミニェー銃も更に改良され、元込式となり、スナイドル式で弾丸の装填を早めた機能をもっている。

もっともこれらの新式兵装で軍備を固めたのは薩摩・長州・土佐・肥後の各藩であり、それが後の幕末戦の勝敗を分けていく結果となるのである。

継之助はブラントやシュネルとの親交を重ねていくうちに、既に藩の軍備化の路線を強化する動きを着々と進めてはいた。彼には、そういう先を見通す目が備えられていた。二年後に勃発した戊辰の役の際、継之助からの使いで鬼頭平四郎が銃調達の接渉に新潟港に来ていたシュネルに会った時、既に会津藩や米沢藩の重役もその交渉中であった。しかし、鬼頭が携えてきた継之助の書状を手渡すと、先客を放りだして鬼頭を丁重にもてなし、珍しい洋風料理まで食べさせたりして、要望通りの銃四十挺と弾丸を渡されたが、先客の両藩重役が横目で羨望と嫉妬に燃え、睨みつけられ、恐れ入ったと帰藩早々、継之助の顔の広いことに驚いたということであった。

当時の大藩と言われる譜代藩は、旧来からの仕来たりや門閥に縛りつけられたような格好で、先を見通すような目が衰えていた。

そのために、新しい時代に対処する手段もとれず、ただ、時勢の流れに乗るほかなかったのである。因に、幕末戦の火蓋が切られるや、百二万三千石の加賀藩、十一万三千石・小田原藩、七十万石・駿府藩、二十五万石の彦根藩等々、譜代、外様を問わず、西軍側に恭順してしまった。徳川三百年の幕権の脆さは、このような事態に直面すると敢えなくも暴露するものである。

継之助は世情が次第に険しくなってきていることは充分に察知していた。余裕《ゆとり》をもった横浜における見聞から、そろそろ腰を上げなければならない時が到来していた。

その年の夏、長岡へ帰藩することとなった。ブラントやシュネルからは、これからの体制作りには必ず援助すると強い申し出があり、継之助も非常に心の励みを覚えた。新時代は近代化の国づくりであろう。そして、タムソンのような倫理や思想が必要となってくる。

継之助が離れる前日、彼はタムソンの教会を訪れた。庭に咲いている大輪のバラが、継之助を親しく迎えてくれた。しかし、継之助には、もっと美しく、もっと愛らしいこの家の志野が迎えてくれることを切望した。

教会の談話室にはタムソンと志野が継之助の来訪を待っていてくれた。テーブルの上には、例のバラの花を盛った九谷焼の花瓶が置いてあった。志野の顔はいつもと違って、華やいで見えた。愛らしい頬の笑くぼが継之助の胸を高鳴らせている。継之助は志野を自分の憧れの婦人として仰ぐ思いであった。女が美しい者というイメージに変えてくれたのは志野であり、又、有馬のうめでもあった。

女に対して荒々しく挑んできた継之助はそこに女の風情を見つめてきた。志野やうめは継之助に、女は幻妙に美しいもの、じっと見据えることによって、自分の心を熱く燃やす風情を教えてくれたのであろう。

タムソンはにこやかに笑みを浮かべて、継之助に言った。

「お別れは残念ですが、神はいつまでもわたしたちを繋《つな》げてくださいます。河井さん、あなたとわたし、そして、シノさん。よいお友達でした。いつまでも元気でいてください。祈ってますよ」

それはタムソンの心からなる暖かい気持であった。タムソンは聖書の翻訳の仕事中であったので、そのまま書斎へと戻っていった。

継之助は、

「志野さん、わたしはおみしゃんを長岡へ連れていきたい。長岡で女子の学校を設けたい。おみしゃんに一働きしてほしいのだが」

と言った。志野は、

「かみさまのみ心でしたら……」

と言って、笑いながら、

「でも、長岡は寒い所でしょうね」

と聞いた。

「それは雪が家を呑みこむ時もあります。その年は半分は雪と戦わねばなりますまい。しかし、美しい所です。雪が降り止んで、月が上がる時があります。凍てついた樹々の枝に、ピカピカと光った氷滴が、実に清いんだ」

と、継之助は感情をこめて長岡を思い出し語った。その時、志野は、

「雪の花でしょうか」

と美しいものに憧れを抱いた面持ちで、継之助を見つめた。

「さよう。志野さん、それだ、雪の花だ。おみしゃん、うまいこと言うてくれた。それを一度、志野さんに見せてあげたい。どうです。志野さん、長岡へ来てくださらんか。長岡にはぜひ、あ

なたのような人が必要なのだ」

継之助は思い切って、自分の心を打明けるように尋ねた。

「一度でいい、見たいと思います」

志野は継之助を労わるようにそうっと見上げた。きっと志野も継之助の心に触れたに違いなかったろう。

継之助が辞去する時、タムソンは餞《はなむけ》の言葉のように語気を強めて、これからの国づくりは武士の刀は不要である。武力よりも強い心、意識の高さがその国の豊かさを象徴するのであろう。困難な事態に遭遇したら、じっと耐え、時をかせぐことが肝要だと説き、タムソンはそのために、いつも継之助の業《わざ》を祈っている。きっと、志野も一緒に祈ってくれる筈だと付け加えた。

タムソンは精一杯の名残りを惜しんでいた。継之助はタムソンに今一度、

「志野さんを長岡の地で、女子学校を建てるために役立たせて欲しい」

と声をかけたが、その時、タムソンは即座に首を横に振って、

「長岡の地は志野さんの体には合いません。むしろ、ここで志野さんの働きを期待します」

と言った。しかし、継之助は志野の恥じらう横顔を見て、志野を必ず長岡の地へ迎える気持ちを固めていた。

丘から下りる道の端にある外人墓地に、男女の外国人が黙って墓石に向かい祈っていた。

冷風が湾から吹き上げてくる。緑の木々がその度に葉ずれの音を騒ぎ立てた。継之助の前途に、

多分、大きな任務が待ち構えているのであろう。思わず力をこめて、「よし、やるぞ」と声を出した。その声に驚いたように男女の外国人が継之助のほうを向いた。継之助は彼等に笑みを投げかけ、〝Pardon《許せ》〟と習い覚えのイギリス語を発した。

その時、もう一度、涼風がふわっと全てを持ち上げるように吹きあがってきた。木々もそれに応《こた》えるようにざわっと鳴いた。

継之助の長岡藩改革

九

ちょうどこの頃、長岡藩主・牧野忠恭は幕府から新たに京都所司代の任命がくだった。

京都所司代職は禁中の守護がその目的であるが、実際は幕府の意向を皇室、公卿、門跡に及ぼす役目である。それに京都諸役人の総攬、五畿内、丹波、播磨、近江八ヶ国の幕府直轄地の訴訟扱い、更に西国三十三ヶ国の諸大名の監視、干渉などかなり重要な責務と権限が付与されていた。大体が老中コースであり、大坂城代、若年寄、奏者番を経て就役する幕府の要職である。ところが、時代の流れはこの権威の象徴を大変な窮地に追いこんでいる。桜田門事変以来、幕府の権威は傾いていった。薩・長などの西南雄藩に倒幕の声が挙がりはじめている。天下の有志、浪士たちが続々と京都へ集中、過激な公卿と結んで王政復古を目論み、京都はそのため、テロの渦に巻きこまれて一種の騒乱状態にあった。

そんな時に幕府の代表として京都所司代を任ぜられたのは、死地に赴くようなものである。文久二年(一八六二)八月に着任してみると、案の定、薩・長の揺さぶりは甚だしかった。特に各藩の脱藩浪人が徒党を組んで、町中を横行していた。彼等の口にするのは尊王攘夷であり、幕府体制に難ぐせをつけては、倒幕運動へのチャンスをうかがっていた。

因《ちな》みにこの年の血なまぐさい事件を挙げてみると、

正月十五日　水戸浪士による坂下門での安藤信正襲撃事件

四月二十三日　倒幕論の先鋒である薩摩藩士・有馬新七らに対し、それを押えようとして、藩主島津久光の命をうけた藩士らとの斬り合いがあった寺田屋事件

七月二十日　島田左近(九条家諸大夫、井伊の臣・長野主膳と共に安政大獄に尽力)、田中新兵衛らに暗殺

八月二十日　本間精一郎暗殺

同二十二日　宇卿玄蕃(安政大獄に尽力、和宮降嫁にも尽力)、九条家砂川下屋敷にて刺殺、翌日鴨川原に梟首される。

十一月十五日　井伊直弼付人、多田帯刀梟首、村山可寿江、三条河原に生晒し。

と、年を経る毎に加わってきている。いずれも、幕府側に対する復讐的な行動であるのが特徴である。

継之助は長岡に帰ってから、これからの藩の行末を案じて、その方向づけや藩政の問題点など

について、意志を何度か、国家老・牧野市右衛門に具申している。特に、藩主の京都所司代任命については、かなり強硬な反対意見を参政・三間安右衛門を通じて藩主に進言している。幕政ご都合主義の行き方に対して、継之助はもはや、幕府にはこれからの天下を治める器量はないと見たからである。しかし、藩主・忠恭は時勢を幕閣の一員となって、みずからの体験で摑んでいるので、時流におもねるか、恩顧に報いるかの二者択一の中で決断したのであろう、敢えて、所司代を引受け京都へ上った。九月二十九日のことであった。

継之助も藩主の補佐役で任務に就いたが、果たせるかな、着任早々に難題が新所司代の頭に降りかかってきた。

十月十一日、この日は月明りの静かな夜であった。時折、満月をかくすように白い雲が横に流れ、つかの間、あたりを暗くしていた。

突然、伝奏の公卿・坊城大納言が所司代邸を訪れた。時刻にして午後十一時頃であった。訪問の目的は正使三条中納言実美《さねとみ》、副使姉小路少将（公知《きんとも》）にて関東へ勅使の派遣がなされ、この警護として土佐藩主・山内容堂が藩兵を率いて、明朝出立するという寝耳に水の通告をしてきたのである。同時に土佐藩からも同様な趣旨の届出があった。

これに驚いた忠恭は、直ぐさま家臣を招集して、どう取り扱いをなすべきかの協議をした。彼等の狙いは一体、何であるのか、使者派遣の目的さえも聞かされず、途方にくれた。

今まで、このような事態は一度だってなかった。それだけ甘く見られた忠恭の口惜しさも又、ひとしおであろう。深夜の会議では並居るものが皆、ただ唇を噛みしめるだけであった。この件については既に、薩・長・土三藩の過激派の策謀があり、三条・姉小路は江戸へ攘夷の督促と御親兵徴募の目的があった。

忠恭自身は薄々、承知はしているものの、いかんせん、目に見えぬ幕府の権力は既に、反故《ほご》同然である、これに対抗できる武力を持たぬ悲しさは、ひしひしと身に感じたのである。この席上、家老・山本帯刀は激昂し、こぶしを振りあげて騒ぎ立てる家臣を宥め、今は堪え忍ぶ他はない、尽す手段は未だ充分にある、と説き伏せ、幕府目付・松平信敏を出府、京都に在る幕府の主だった役人の意見を閣老に伝言させた。この時は無事に事態を収拾はしたが、所司代の権威はもろくも地に堕《お》ちた感が強かった。忠恭は孤立感を味わされたのである。その時、ふと忠恭の頭を過ぎったのは継之助の意見の事であった。

早速、継之助を招致し、今後の方針についての対策を講じる事になった。しかし、継之助は永井慶彌、安田多膳、三間市之進らと図り、忠恭に対して、あくまでも所司代辞任を勧告した。

その主な内容は、まず、時勢の流れが怒濤のように新しい力となって、幕府体制を押し潰そうとしている現実を認識すること、そして、それに対抗するためには、所司代役となる藩が財力も武力も、強力な大藩でなければ責任は果し得ない。ということで、いずれにせよ、新興勢力に対する防波堤となり得る力があるかどうかが問われているのである。武力介入まで至らぬとしても、両者の調停役となる権威があるかどうかということになると、長岡藩では微力すぎる。このままの状態であれば、紛擾《ふんじょう》の渦中に巻きこまれて藩そのものの命運も定かではない、という正に危急事態の立場で具申されたものである。

これに対して、忠恭は首肯しなかった。忠恭ほどの賢君でも、徳川家に対する恩顧が抜きさしがたい重荷となっていたことは事実である。忠恭にしてみれば、幕閣の中で最も幕府の力の衰退を強く感じているひとりである。

だからといって、危急存亡の中で、今、自分がその立場を退けば、徳川三百年の天下統一の体制が崩れる因となる思惑があった。忠恭は牧野家累代の家訓に忠実な藩主でもあった。遠祖・成定が揚げた「御家風十八条」や初代忠成藩主の「侍の恥辱十七条」の家訓の中で、特に武士の道を説いた君臣のきずなは抜きがたい精神の拠り所でもあるし、忠恭は決してそれを乗りかえるような、この世的な利口者でもなく、あくまでも朴訥《ぼくとつ》で愚直とも言うべき堅固な心の持主であった。

しかし、事態は早急な解決を求められている。継之助は最後の賭に出た。これ以上、忠恭がその意志を曲げなければと、京都詰の職を辞して江戸へ戻ってしまった。先の永井、安田、三間らも、継之助と行動を共にした。

このことは、「三間正弘自叙伝」に次のように残されている。

「時勢切迫、尋常の材を以て所司代の重任を負ひ、公武の間に立ち、任を全うする能はずとの意見を以て、しばしば、河井氏、主君に辞職勧む。不レ被レ聴カ。終に公用人の職を辞して帰国す」

継之助を頼る忠恭はこのことにあって、ついに意を決し、その年の四月の終りに、老中、水野和泉守忠精（山形藩主）へ所司代辞任の申し入れを行った。その願い書の末尾に、

「猶、委細は家来にて河井継之助と申す者に申し含み候間、御用の間被レ二召寄一セ、御用上ゲ被レ下候様、是亦、乍ラレ憚リ奉リレ冀ヒ候」

と書かれてあった。この時期、継之助は未だこれといった要職にも就いていなかったが、彼の献言が忠恭の頑固な心を動かしたことをこの文面で理解できる。

その後、忠恭は老中、そして外国事務を管する役職に就任したが、ここでも又、継之助が極力、忠恭の幕閣離脱を勧めてきた。継之助の役職は既に物頭格、御用人勤向、公用人兼帯として江戸詰を命ぜられている。

当時、各藩でも藩主が幕閣にあることを忌避し、藩士が辞任を勧めたという例は多い。

松山藩主・板倉勝静、唐津藩世子・小笠原長行もその例である。幕府は三百年間の習慣だけで動いてきた、所謂、守りの体制であるだけに、それ程、逸材を育てる必要もなかった。仕来たりを重んじ、その枠からはずれなければ安穏に過すことのできた無事息災の歴史でもあった。それだけに、外国使節ペリーの来航は凄まじい歴史の大転換を迫られる事件でもあり、従来の慣習の矛盾は露呈され、幕府体制の弱点が随所に見えてきた。今まで頭を押さえつけられ、不満を嚙みしめ、いつしかその頭をもたげようと、爪を研いでいた雄藩の野心が、その屋台骨に揺さぶりをかけてくる。こうなってくると、いかに傑れた政治背景をもった者でも、どうにも耐えられなく

なってくるのが必然である。それだけに、長い徳川幕府の体制が、新しい力に抗しかねる邪魔な存在になってくるのである。

忠恭のように幕府に対する義理に束縛され、動きのとれなくなった状態に、継之助の献言は対照的にクールなものであったのかも知れない。あくまでも、一切の幕政から手を引かせるという一事に焦点が合わされている。へたをすると、長岡藩の浮沈にかかわることなのである。継之助のみる諸情勢は既に幕府の力は衰えたとの結論がでている。そうなれば当然、新しい勢力が抬頭してくる。それが尊王攘夷の大義名分を振りかざしている西南諸雄藩である。彼等の武力は継之助もよく洞察している。長崎や横浜での薩摩、長州の動きは活発であり、倒幕の準備を着々と進めていることも、頭に十分入れてあった。それであるからこそ、継之助は長岡を守ることは、長岡自身出なおさなければならないことも判っていた。藩主忠恭には、早くから幕政から手を引いてもらい、長岡藩を立て直すことをのみ考えていたのである。しかし、それはあくまでも継之助自身の心の奥底に秘め、決断していたことであった。継之助の心には理想が燃えていた。長岡は長岡の手で、これからの時代に向かう新しい国づくりをとの夢を抱いていた。

これからの長岡が生き延びるには、その理想を遂行していく力と心を育てていくことだと自分自身にじっくりと言い聞かせてきた。

継之助はタムソンから説き聞かせられた、人はみな平等、人格を尊重する精神がいつも頭のどこかに引っかかっているのに気づいている。これからの長岡は近代化が必要であり、そのためには継之助は理想主義者であらねばならない。志野を長岡へ呼んで、女子のための教育もしなければならない。新しい女学校の設立の望みもいやましに加わっていく。そのために、断固、意志は貫徹させせなければならなかった。

継之助は忠恭の諸役辞任の内願書を携えて、老中・板倉勝静と面会した。継之助の脳裡にはこの時、尊師山田方谷がほうふつとして甦ってきた。勝静は山田方谷を農民の出から抜擢した明察の賢候である。継之助は必ずや、自分の意とするところは知られると信じ、意見を述べた、この時、勝静自身も継之助の憚《はばか》らない意見具申を聞いて、方谷のことを想起した。勝静が寺社奉行に起用され、方谷をその顧問として江戸へ出府させた時の話である。方谷が江戸城初登城の後、勝静の許へその挨拶に出向いた。勝静は、

「どうだ、お前も天下の大城には驚いたろう」

と笑って言うと、方谷は、

「大きな船のようでございます」

と、ものうげに答えた。あまりすっきりしない返事なので、勝静は不安に思って、

「それはどういう意味か」

と尋ねると、

「あの船の下は千尋の大波でございます」

と答えた。このことは、いかに天下の大城と言えども、時勢の波に揺れているという意味であり、

それを知った勝静は大変、不興を覚えたということであった。方谷には幕府の解体の近きを知り、その警告を発していたのである。

勝静の頭には、長岡藩の運命は、今、ここに対座している継之助が握っていることを知った。それは松山藩の方谷とよく似た何かを直感した。長く大きな幕府体制の中で、もみにもまれる忠実な譜代大名の辿る道を、恐らく共通の心で勝静も聞いていたのであろう。

この内願書の提出と同時に、忠恭は病気と称して出仕しなかった。ところが幕閣は何とか忠恭を思いとどまらせようと、長岡支藩である笹間藩主・牧野貞直を遣わし、説得工作に出た。この時も忠恭は継之助をその応待に起用した。継之助は貞直の論理があまり強硬で、本家の意地を主張したので論争になり、勢いあまって継之助は貞直を罵ってしまったのである。忠恭としては、親類に当る貞直の気を思いはかり、継之助を中座させてしまった。このことが原因で継之助は病気を理由とし、辞職して、直ちに長岡へ帰ってしまった。この年は元治元年（一八六四）五月であった。と同時に、花輪馨之進、三間市之進、植田十兵衛ら、継之助に従う者たちもその後を追うように辞職した。

このときの辞職願いは、

「私議、痔疾にて引籠罷り在り候処、着時全快の体《てい》も御座無く候に付、不本意ながら、物頭格御用人勤向公用人兼帯当詰《とうづめ》、御免成下被れ候様、相願ひ度く存じ奉り候。此段、御組頭に御内意御伺ひ下被《くださ》れ度く願上げ奉り候。

以上」

とされた。しかし、継之助は痔疾だけでは未だ不足の気味があるから、もう少し体の不調を訴えたほうがよかろうと、更に、「罷り在り」の筆の横に、「其上胸痛差迫り」と書き加えた。

久し振りで長岡の家に落着いた継之助は、心の昂ぶりを静めるため、思いのままに詩を作り、揮毫に日々を過ごしていた。特に継之助にとって、時勢の危急を憂い、策なき愚かさを嘆いた心情を詩に託した。この期間は継之助にとっては、もっとも心を磨く時であったのかも知れない。手にとる書を根気よく写しとっていた。「呻吟語鈔」「欧陽文忠公」等、中国の故事や、「二十一回猛士遺文」（吉田松陰の文稿）、「吉田寅次郎伝」「梅渓遊記」（斉藤拙堂文）等の写本に精を出した。吉田松陰については、継之助の師斉藤拙堂からその人となりを聞いており、一度は師事を願ったが、安政の大獄にて横死したことは継之助にとっては、惜しき心で満たされたのであった。このことは後年、北越戦争で相見みえる山県狂介（後の山県有明）、時山直助、前原一誠といった長州藩の俊傑たちが松陰門下であり、一脈相通ずるものはあったであろう。

継之助は久し振りで、妻との日々の生活を安穏に過していた。彼は妻との間には子がいなかった。その故か、妹の安子をことの他、可愛がった。タムソンから聞かされた女性の権利に強烈な印象を覚えた継之助は又、志野の女の美しい生き方にも魅せられ、しきりと安子に、女としての心掛けを話して聞かせた。

妻のすがも妹安子も、ずい分と変わった継之助の態度に、とまどいを覚えながらも、互いに顔を見合わせ、しのび笑いをしていた。しかし、継之助の心の奥に、あの秘めやかな志野への恋情があろうとは、妻のすがはもちろん、終生、誰も知ることはなかったのである。

継之助は縁側に座って、庭に目を向けた。この家には泉水の美という形容を与える庭の造作はなかったが、一隅に二本の喬松があたかも、竜が天に昇るような姿態を思わすようにくねった枝を見せていた。継之助の頭に、ふと、思い出されたのがタムソンの語ったキリスト教の聖書にある、神とその民に敵対したタンニーンと呼ばれる竜のことであった。

全能の神や忠良なる人々に挑みかかるタンニーンとは、いかなる魂の持ち主であるのか、この松の枝の如く、地にあり、時に天に昇り姿を隠し、また現れる幻妙なる生きものが、継之助に大きな魅力となってのしかかってくるのである。乱れかけてきた世の状況に挑みかかる魔力が欲しいと思う。それだけの力が今、継之助には絶対欲しいと思う気持ちが募ってきた。

「よし、俺はこの竜にちなんで〝蒼竜窟〟と名のろう」

と心に決めた。

継之助は早速、心に触れた語録を筆をとって写した。

「遠きを視る者は　近きを顧みず
大を慮る者は　細を計らず
小勝に矜《ほこ》り　小敗を恤《うれ》うるが若《ごと》きは
先ず自ら撓《たわ》む

何の暇《いとま》あってか　功を立てんや」

妻のすがが一服の茶をすすめた。継之助は茶を口にしながら、このような穏やかな日々を過ごすことが過去にあったであろうが、又、これからもあるだろうか、と思った。すがとは親しく接することもない。継之助は自分が黙っていても、心をしっかりと見つめてくれているのは妻のすがであると信じている。心から継之助は、すがは偉い女だと思っている。気むずかしい母に仕え、その上、怪偉無礼な夫の面倒を見るために、ずい分と骨の折れる身上であろうと、つらつら、すがの顔を見つめていた。すがは継之助の視線に気づき、はっと顔を赤らめて奥へ引っこんでしまった。

継之助は思わず笑いが込みあげてきた。久し振りに心底からの楽しい笑いであった。それは又、温い、柔らかな心の迸《ほとばし》りでもあった。

時勢は容赦なく流れていく。それは新しいものへと、まるで堰を切ったような奔流へと変わっていこうとしている。

十

元治元年（一八六四）八月、第一次長州征伐が行われ、将軍家茂が大坂に軍を進めたが、長州藩が急進派の三人の家老の死を代償に、謝罪で一応、事態は収まった。

しかし、その翌々年、慶応二年（一八六六）六月、再び長州征伐となったが、この間に、薩摩藩との提携がすでに結ばれていた長州藩は、武力も整えていたので、逆に幕府軍は総崩れとなって敗退した。

薩長両藩の指導者たちは、全国統一を狙った絶対主義政権の構想を既に頭に描きながら、幕府に対するさまざまな手段を講じてきた。

薩長盟約の、秘密裡の工作は、幕府の重々しい旧来の扉の外側でなされてきたのである。即ちそれは、幕府への対抗を想定した両藩の軍事同盟であり、彼等の窮極の目標は、「双方皇国の御為、皇威相輝き、御回復に立至る」（盟約第六条）ことであった。この仲介の労をとったのが、土佐浪人・坂本龍馬であった。

長州藩はイギリス商人グラバーから、小銃・弾薬を坂本の仲立ちで、薩摩藩名義で購入している。あの犬猿の仲であった薩・長藩の和解は既に成立していたのである。この情勢については、幕府側は自力を過信していた故か、充分に認識しようとはしなかった。

さて、第二次征長は幕府にとっては致命傷となり、尾州・芸州・因州・筑州・備前・阿波などといった諸藩も幕府の手からは離れていった。と同時に、長州藩に対する同情的な諸藩が増えていったことは、幕府にとっては自ら墓穴を掘ったということにしかなかったのである。長岡藩も長州征伐の出兵を促され、大坂に駐屯することになったが、その折、継之助の義兄である椰野嘉兵衛が、このことをひどく心配して、継之助に意見を求めた。継之助はこのことは幕府が、「諸大名を制御する威権無き事を天下に示す儀に之れ有り、毛を吹き疵を恐れを之れ有ることと懸慮に耐えず候」

とし、「第二、第三の長州候出ずべきは顕然の次と存じ候」と書状に明記した。

長岡藩が征長出兵を発動され、全力を挙げてことに当たっていた矢先、藩内に大きな騒ぎがまき起こった。

藩領内の刈羽郡《かりわ》の山中・高屋・椽ヶ原・萩ノ島・漆島・門出《かどいで》の六ヶ村と、その総元締役である庄屋の今井徳兵衛との間に紛争が生じた。

大体において、この六ヶ村は幕府の直轄地であったが、後に領分の一部と交換で長岡領に組み入れられたもので、昔から天領と呼ばれる幕府直轄地は、すこぶる治安は甘く、領民もたるみが強い関係からか、この六ヶ村の村民たちの人柄は評判もよくない。博打もはびこり、昔の御料百姓であることを鼻にかけては、藩政にそっぽを向いたり、風儀が一向に収まらない。割元である今井徳兵衛は、この村民を藩の意向に教化する立場に当たりながら充分にその掌握が出来なかったので、権力で押えこもうとした。諸税を高圧的に取り立てたので、くすぶっていた庄屋弾劾の火の手があがり、一揆に近い形で年貢を拒否した。

集団で事を起こそうとする場合、その団結性はよほど秩序を保持させる能力のある指導者が差配を振わないと瓦解する。やがて、その行動に不安を感じた三人の仲間が裏切る動きを見せたので、村民たちは裏切り者への追求の手を強めた。それにたまりかねた裏切り者たちは、揃って、山中で木の枝へ縄をしかけ、首をくくった。ところが発見が早かったので、蘇生したものが藩庁へ走りこんで、事のいきさつを一切、白状してしまった。

藩は一揆が拡大する前に、手を打たなければ大事になる。特に、藩主はじめ、主だった家臣たちが長州征伐に出払っている間に事を起こしたとなると、留守居役の責任は甚大な事である、直ちに盗賊方の役人が内偵し、彼等の指導者たちを捕縛し、連行しようとしたところ、これ又、村民たちが逆上し、一斉に蜂起して役人たちを取り囲み、不穏な形勢となった。藩庁の命をうけて、足軽頭の田部武八は足軽二十余名を引き連れて現場に駆けつけたが、村民の激昂甚しく、どうにも動きがとれない状態であった。田部は性来、冷静な男で、慎重な判断をくだすことで、継之助も彼を評価している。彼はこのまま強行に処置していくと、益々手に負えない状態になると考え、まず、居丈高になっている盗賊方の役人を制し、納得のいくよう諭し、縛に就いている指導者たちを解放すると同時に、激昂している村民を解散させた。このことはひとまず騒ぎは静まったものの、本当の解決にはなっていない。田部は帰城して、処理が越権である罪を詫び、上司の処断を待った。既に覚悟の上で、蒼白な顔を前に向け、きりっとした姿勢で座していた。この時期、群奉行に加えられ、この難問題に当面した継之助は、田部の毅然をした態度を見て感服した。田部は厳しい処罰が加えられると思っていた矢先に、

継之助から、

「お前の処置は適正であった。何も覚悟することはいらぬ。俺でも同じことをしたであろうな」と穏やかな声を掛けられた。田部はこの継之助の言葉に面目をほどこし、ほっと安堵の胸を撫で下ろした。しかし、このまま打棄てておくわけにはいかない。田部を再度、山中村へ走らせ、継之助自身が直接出頭し、公正な判断を下すので温和しく謹慎して待つよう、田部からその書状を読み聞かせた。

それから二日後のこと、いきなり継之助が槍持一人だけを連れて村へ姿を現わした。日も暮れかかった頃であり、人目を触れずに彼は庄屋の家へ入った。今井徳兵衛は丁重に継之助を出迎え、事のいきさつを説明した。

だが、どうも、今井の筋立てにも理の通らぬ権威的なところがあり、以前から村民との間の感情的なもつれを剥き出し表わされているのが歴然としていた。

夜のとばりがおり、あたりが暗闇にとざされた頃、庄屋の家のまわりが次第に騒がしくなってきた。炬火《たいまつ》をかかげ、提灯を持った大勢の村民たちが群れていた。万一、奉行が庄屋の家に宿泊して、一方的に判断をくだされては大変と、村民たちが血相を変えて駆けつけたのである。

奉行は庄屋、村民どちらへも偏らないように、村寺の春暁院へ移るよう要求してきた。指導者格の男がその旨を伝えた時、継之助は大声で怒鳴りつけた。

「黙れ、おみしゃんたちは慮外千万なことを言う。庄屋という身分をわきまえろ。村に一旦緩急あらば、庄屋の屋根がその中心となる。

俺がここへ泊ったとて、道理は曲げぬ。公正な判断をいたすから安心して家へ帰れ。明朝、一同を集めて、明らかに言い渡しをするから、今は早く帰れ」

その権幕に驚いた村民たちは、口々に不満を洩らしながらも引き上げていった。しかし、このままでは村民たちの気は収まらないと判断して一策を案じた。決して奉行は庄屋と示し合わせ、村民たちに不利な計りごとはしていないことの証明はしなければならないので、全て公開性にすることにした。まず、庄屋に命じて、各部屋の戸障子を全て取り外させ、炬火を明々と照らさせ、継之助自身は座敷のまん中に座って、そこに居る人々と声高々と雑談しはじめた。こっそりと内部の様子をうかがっていた村民たちは、最初、何事が始まるかと不安と好奇の目で覗いていたが、これでは決して、自分たちの関心である探索の意味はなくなり、不安もなにもあったものではないと呆れて、皆、家へ帰ってしまった。

継之助の策は唐突な出方で、相手の度肝を抜くことであった。

その翌朝、村民たちは奉行がどのような判決をくだすか、事と次第によっては一揆でも起こしかねない勢いで、大挙して集まってきた。しかし、継之助はあくまでも冷静であった。最初から喧嘩両成敗の原則は曲げていないので気は楽である。どちらか片方に力を入れると、必ず両者のバランスは崩れる。そうなると当然、歪みが生じてくる。均衡（バランス）という場の形成は、ものごとを穏やかに収めるには必要な基本原則である。

そのために、継之助はどちらにも贔屓《ひいき》は許されない。村民たちをぐっと睨み廻した継之助は、

「藤八、貴様は不届きな奴だ。それから、仁七、九兵衛、よく顔を見せろ。常石衛門、お前の顔つきも近ごろ、悪くなったな」

といきなり、名指しでその指導者たちに声を掛けた。奉行には自分たちの行動は知られていないと思っていた矢先、いきなり叱りつけられたので、愕然として力が抜けてしまった。

その意気阻喪を狙って、咄嗟《とっさ》に、

「よいか、皆よく聞け。庄屋というものは、一村の親代りと定められている。どんなに事情があろうとも、親に向かって暴事に及ぶのは重罪に値する行為である。

本来ならば、処罰するところであるが、此度は庄屋にも落ち度があることも判った。それ故、お前たちの科《とが》は許してつかわす。なれど二度とかような行為に出るならば、その身のみならず、妻子眷《けん》属ことごとく罰を受けるであろう。お前たちは決して分別のない者ばかりではない。俺の言い分に不服はないものと察する」

と、一気に押しまくった。しかし、その言葉には、ただ押えつけるだけでなく、村民を労わる情がこもっていることも、彼等には痛切に感じてはいたのである。当時、喧嘩両成敗は階層の同じ社会における考え方として受け取られていたが、こうして武士の側として格付けられている庄屋と農民との差を無視して、裁断した継之助の心情に、彼等はその場にひれ伏して喜んだ。そこで継之助は庄屋に向って申し渡しをした。

「こうして村民たちの暴挙はつまるところ、庄屋の不徳の致すところ。本日限り、隠居を申し付ける。但し、跡目は息子に申し付ける故、後見としてこの不名誉を挽回せよ」

そして懐中からその旨を認めた書状を口上書として読み上げ、両方から署名、押印をさせた。継之助のこの電光石火のような一件判決は、庄屋も村民たちも、あっという間に納得してしまったような有様であった。

その夜は村民の代表者たちや庄屋を交えて和解のしるしの宴席を設け、その席上に包み金を皆の見ている前に積み上げたと思うや、

「今日《きょう》は俺が振舞う故、無礼講だ。この金はな、多分、心覚えのものもあろう。実は、今日の判決を有利にしようと持ちこまれた金だ。

これは公務にある者には役に立たぬものだ。よいか、これが習慣だとしたら、俺は今後、この悪習慣を廃止する。即ちこれは賄賂だ。暫く預かっておいたものは今、ここに返す。

今後、不心得はあってはならぬ」

と懇々と説諭した。村民たちは役人の出張の際には、全てその接待費を負担するのは常識であっただけに、この継之助の言葉には驚天した。それは又、継之助に対する目が尊敬のものに変化していったのは事実である。

この時に継之助が一文を作り、彼等に読み聞かせた文辞が今でも保持されている。

「欲の一字より、迷のさまざまな心をくらます種となり、終りは身を失ひ、家をも失ふにいたるべし。心を直に悟るなら、現在、未来の仕合あり。子々孫々にも栄ゆべし。ほめそやさるるは仇

なり。悪みこなさるるは師匠なり。只々一応、正直に真実つくすが身の守、此言、夢々忘るべからず。慶応元　霜月望《もち》　秋義」

庄屋の今井徳兵衛も継之助の公平な扱い方に喜び、それからはこの日を記念日として、継之助の肖像に、継之助の好んだ桜餅（味噌漬けの混ぜご飯）を供えたと言われている。

この一件は単に、継之助の名裁判ぶりを表わしたものとしてのエピソードだけではない。百姓一揆という政治上、最も不祥事を避けた好例でもあろう。いずこの藩でも、百姓一揆にはかなり頭を痛め、一藩の存亡にもかかわっただけに、長岡藩では継之助の功績は評価されてもよい筈である。

継之助はその後、長岡藩領四百三十七ヶ村におかれていた七ヶ組（上組、川西組、北組、栃尾組、河根組、巻組、曽根組）の総庄屋に適切な人材を得るよう人事刷新の事業を行った。その時に起用されたのが、元々、北組の総庄屋の職にあったが、閑地に去っていた鈴木訥叟《とつそう》であり、継之助が必死に口説いて帰職させてしまった。その頃の庄屋と村民の間は、前述したような事件がいつ惹起するかわからない不穏な情勢下でもあったので、村民をよく説服できる有能な人材が必要であったのである。当時の為政家は、領民をよく治めることが秀れた器であり、その器量を問われていたわけである。そのために、人心を把えるよりも、権力で押えつけ、その不満に酔って墓穴をほる為政家も多くあった。その第一の因となるのは、領内の庄屋、代官の粛正である。

継之助は御改政御趣意の基本方針によって賄賂を厳重に禁じた。そのために、継之助自身が率先、その範を垂れ、自分に贈られる金品、物品は一切、突っ返してしまった。

大体が就任祝と称して、金品を送る習慣や田畑の売買には、一種の見送りとして百姓地は代官に、庄屋地は郡奉行に金品を納める習慣が普通のこととされていた。このような賄賂が政治を最も劣悪なものにするという理由で綱紀粛正を基にし、財政再建への前提として重要な施策でもあった。

この期には、群奉行は諸藩の役職の中でも、かなり権勢を有しており、利得のある要職であった。長岡の俚揺に、

「御代官には及びもないが、せめてなりたや殿様に」

とうたわれてもいる。

長岡藩そのものは北国に位し、低湿地が多い。その上、信濃川の流域には、多くの沼沢地があり、水害が絶え間なくあった。大水害があると、五年間は免税措置がほどこされていたが、それを利用して五年間の満期がきても、代官に賄賂を贈って、更に免税を延長させたり、水害のない田地にも悪用したりしているものも少なからずあった。この元兇となる代官や元締めらを、継之助は容赦なく罷免し、有能な藩士を布置した。このことで藩に年額六千俵の増収を得た程の実績を上げたのである。

表高七万四千石の長岡藩が実収一万三千三百石の増加と算定できる勘定になる。

一藩の財政はことごとく藩内の年貢に頼っている。藩産業の振興奨励とは言うものの、他の利

益となると、これは幕政の制限があり、大きく興すわけにもいかない。薩摩藩などは禁制の外国との交易に手を出している。これからの時代、海外にその利益を求めていかないと、藩の立て直しは見通しがきかない。ましてや、幕府の力の衰微が目に見えてきている現状、自分たちの力が自分たちを救う世になろうとしていることは明らかである。継之助は時の流れを敏感に察知していたのである。

まず藩内の合理化を進めていくこと、このことは王陽明から学んだ論理であり、それを藩政改革に実践した師・山田方谷から会得した糧である。

横浜で宣教師タムソンから教えられた近代的倫理観は更に継之助の信念をふくらませたのである。そして、志野の清廉さが継之助の精神を、長岡藩の新しい国づくりへと掻き立てたのかも知れない。

年貢米以外には特別徴収米が加えられていた。それは藩庫に貯蔵され、領民の貧窮や不時の災害には放出する救済策がとられていた。

所が長年の習慣が人心を堕落させ、貯蔵すべき米を、役人の私服を肥やすための利益になることが多かった。継之助はこれを改め、不時の災害等には領民の請求によって貸与し、利息を納めさせて増殖する社倉の掟を作った。

凶年には放出救恤することで、これは山崎闇済によって、朱子の「社倉法」として世に紹介され、岡山、肥後、薩摩の諸藩では既に実施されていた。要するに、社会扶助制度で自助相互の精神を謳ったものである。継之助が指示したこの制度には、領民たちの反対もあった。継之助が考えているような将来の国づくり、人づくりの構想まで人々は凡そ考えられないことであったのかも知れない。きょうの今を過ごせていければよし、とする長年の人の生き方の習性が、容易に考えを変えることは難しいことであろう。継之助はかなり強引に村の長たちを説得して、各村に相応の貯蔵倉を設けさせた。

「不慮に凶年の難あらば、如何になす所存に候哉。御上にて何ほど御世話これ有るとも、平日其の心掛無ければ、一家難散し、餓死に至る者も出で申すべく、不憫至極《しごく》に候。去れば平日に凶年の難儀なる事共を思遣り、今まで通りの納米を宛《あて》にいたさず、随分万事に倹約を守り、兼て掟の趣に基き、社倉の設をなし、村方《むらかた》相応に其の備をいたし置き候様、庄屋、村役人共、得と協議いたすべし。此の義、下々の者まで確と相心得、御仁政の行き届き候様、至急世話いたすべく候。附。規約相定め候上は、遂一申し立て、御指図を受くべき事。

石、相違し候也。六月（慶応二年）」

これは現代の福祉理念の基礎となるのであろう。国の財政逼迫にともない、従来の福祉制度では補助金として国依存の考え方であったが、それは切り換えられ、世界の諸国でも持てるものは応分の負担を、持てぬものは福利を得るという相互自助の精神が唱えられるようになった。

さて、しかし、最も藩政の改善に際して、継之助が手をかけていったのは、清潔な政治であった。幕政の中で、ただ故実有職のみを重視し、門閥をのさばらせ、安逸に日々を過ごしてきた悪弊は、畢竟《ひっきょう》、藩政を乱してきたのである。特に役人の悪習は目にあまるものがある。

この当時、毛見《けみ》という制度があり、収穫期に出来が悪い場合は願い出により、代官以下の役人が調査にくる。これによって年貢の減免等の対策を講じてきた。これは前記した不時災害の際に適用される制度であるに拘らず、いつのまにか、それが賄賂の手段となってしまっていた。毛見の役人に対して、村民は金品を贈与したり、宴席を設けて優遇し、役人に手ごころを加えてもらうという習慣に化してしまったのである。このことは、減免されても村民たちにはかえって、役人への賄賂の負担となってはねかえる結果となる。

継之助はこの制度を真っ向から廃止に踏みきり、従来の収穫高によって税率を引き下げる方向へ改正した。藩庁は継之助の方策に反対意見を出したが、彼は、

「毛見制度は役人が正直、且つ公正であることを規準にして出来たものである。それがうまく運用されなくなったならば、既に制度は悪用されるばかり。奸吏と狡猾な百姓のために、有利となるは悪法は仁政の名に恥じる。一朝事があれば、社会の掟もある。安心して領民が生業に励めるように政治は行われるべきである」

と組織を従来の徴税事務所を庄屋から代官へと移し、監督を厳しくさせるようにした。

継之助の郡奉行としての実績は高い評価を得たのであろう。一年後に、さらに町奉行兼帯を命ぜられた。藩主・忠恭の信望は極めて厚くなっていた。町民は彼に対して、半ば畏れと、或る種の期待感があったのであろう。そのことで町中は話がもちきりでもあった。これから世直しがは

じまると喜んでいるものもあれば、苦虫を潰したような顔付きの役人や商人たちもいる。

新任三日目に、以前から内偵を進めていた不正を働いている三人の検断（町役人の主班）が奉行所へ呼び出された。三人は何事が始まるのかと、不安げな面持ちの中にも、長岡の産業を興し、財政をうるおしてきたという自負の誇りにも似た笑みが浮かんでいた。検断という役目は、城下二十の町部を三分割して、それぞれの統轄者であり、その下に町老や町代、書役という組織が出来上がっており、城下町を仕切る重要な任務を受持っているので、豪商が割り当てられる。それだけに財力、権力を兼ね具えているので、勝手な振舞いは多かった。権限は町政のみならず、町用金の収納、役銀の徴収、戸籍の変更、家督の相続、風俗の取り締まり、旅人の出入、火災の予防、犯人捜査、犯罪の予防など、司法警察にまで及んでいた。

継之助の前に並んで座した三人はしかし、継之助をまともに見ることは出来なかった。内心、日頃の行状は知れ渡っていたし、町奉行は不正に対して、苛酷な処断をすることは判っていたので、どのような言い渡しがあるのか、それぞれの胸中、収まりきれるものではなかった。継之助は自分の前にかしこまって座っている三人の風態を見ていると、何かふてぶてしい態度が気になってならなかった。それは商人のもっている傲慢さや武士階級に対する挑戦めいたものにも受けとれた。

継之助は世の中が何でも金で動かせると思いこんでいる商人たちの動きを各所で目にしてきた。それは洋の東西を問わず、商売の論理でもあり、筋道であるのかも知れないが、それが論理を脱すと、とてつもなく人間の心を麻痺させ、堕落させるものであることを知っている。継之助は申渡書を開いて、朗々と読みあげた。

「検断役取揚《とりあげ》叱蟄居

此者儀、兼て驕奢、身分不取締、如何《いかがわしき》布所業もこれ有り哉に相聞こえ候。御国恩を顧みず、役儀不似合の致しかた、重々不埒《ふらち》の事に付、死罪にも申し付くべき処、旧家の儀、出格を以て書面の通り申し付け候」

これには当の三人とも震えあがってしまった。何の先触れもしない呼び出しの席上で、いきなり死罪申し付くべき所、と言い渡されたら、誰でも仰天するであろう。

しかし、今までの行跡は三人とも、重々、承知の上であったので、何ともこれに対しての訴えは差し控える他はなかったのであろう。

継之助は彼等をこのままにしてしまうのは又、今までの行き道もあろうかと、跡目はその息子に継がせることを条件とした。これは継之助特有の裁断の憐れみでもある。

この事件は町中、てんやわんやの大騒ぎとなった。このつぎは誰がお審きを受けるか、あの者や、この者やと、戦々恐々としたのは、それだけ人心が頽廃していた証拠でもある。

継之助はこれからの国づくりのために、一石投じて、まず人心を引き締め、自粛自戒を求めたのである。

或る日中、親友の小山良運が継之助の家を訪れた。彼はいつも平生、変らない。継之助はそういう人間を好ましく思う。人によっては、その日の顔相まで変っていることがある。

このことは精神にむら気《け》があるのであろう。こういう人間は、要するに人物ではないのである。しかし、良運は全く違うと継之助は見ている。

「継さ、あまり派手に動き廻らんほうがよいのではないか」

良運は心配そうに言った。

「いや、ちょっと小手調べだ。藩全体が俺の行き方にどう反応するか、見ているのだ」

と、いとも淡々と返答をした。

「しかしなあ、継さ、お前の強引さは持ち味だし、今の藩内改革はそれだけの押しも必要かも知れないが、敵を多くつくるとあとが面倒になる」

継之助は良運の言葉を聞いて、山田方谷との別れの際に書いて与えられた跋文を思い出した。

「書㆓王文成公集後㆒贈㆓河井生㆒」

その文には、継之助の将来を心配して、王文成（王陽明）のどこを学ぶべきか、運用を誤ることのないよう、懇切丁寧に認《したた》めた訓言であった。方谷も継之助の性質を、一歩誤ると、予想以外の所へ突っ走ってしまうことをよく見極めていた。陽明学徒には、その学ぶものの性によっては極端に走る傾向をもっていた。天保八年（一八三七）、米価暴騰と役人の無能さ、彼等と特権商人のけったくに苦しむ庶民を救う一念で、大坂で武装蜂起した町奉行与力・大塩平八郎はその一例である。

良運は継之助にとっても、己れの気持ちを心置きなく披瀝し、いつも広い思いで受け止めてくれる友であった。継之助は生涯の行き道に、自分程、環境に恵まれた人間はいないと自負していた。自分を守り育ててくれた情愛細やかな家族、継之助の才を認め、登用してくれた藩主忠恭、師の山田方谷、そして断金の友小山良運、これからの新しい時代に生きる示唆を与えてくれた夕ムソン、殺伐とした時代の中で、継之助の心にほのかな愛の芽を育ませてくれた志野。

その一人一人が自分を支えてくれるだけでなく、励ましと勇気をも与えてくれる嬉しさで充ちていた。それだけに継之助は思いきった英断を発揮して、大きな事業に取組む意気ごみは激しく燃えた。

継之助は役人に対する引き締めを厳しくすると同時に、待遇改善にも力を入れ、検断に対しては役料三人扶持(一人扶持は三俵二斗)と手当金二十五両。町老には同二人扶持と二十五両というように、後世の給与制の下地のような在り方を考えた。又、世襲制を廃止し、人材登用の道を開いた。これは至極、効果のある制度で、やる気を起こすものには道が開けていく希望を持たせたのである。

長岡の城下には荒屋敷といって、犯罪者を収容する獄舎があった。継之助はこの収監事業を新たに設置し、寄場という施設を設けて軽罪の者を収容し、感化指導を行った。改悛の情ある者はことごとく放免さえしたのである。ここの責任者は外山脩造が任命された。彼は庄屋であったが、かつての塩谷宕陰の門に学び、三島中州と接してから継之助のことを耳にし、継之助をいたく尊敬するようになった。その後、継之助に親しく接し、弟子のような関係を持っていた。寄場での収容者は、当時の各藩の獄制の残忍さとは全く異なり、一種の感化院乃至救護院のような、非常に近代的なカラーをもった機関であった。継之助が罪を罰して人を憎まずの近代、法理論の原則を、このように制度に適用したのは横浜時代のブラントやシュネル、宣教師タムソンとの接触の影響でもあろう。外山脩造は戊辰役で、継之助と行動を共にしたが、維新後は実業界に活躍した逸材であった。

継之助が奉行として、藩内の規律を守るために最も力を注いだのは賭博の禁止である。

彼は西遊の際にも、処所でこの賭博には辟易させられた。これは社会の規律を乱す最も悪なるものであり、人心を堕落させるものという考え方を明確に持っていた。各藩でもそのために、賭博に対する禁止令はあるものの、有名無実であり、野放し状態であった。大体がこれを取締まるべき足軽方に盗賊方下役というのがあり、その下に目明しがいた。彼等はすべて博徒の親分が任命されている。要するに、二足のわらじを穿《は》いていた。これは公然と賭博を奨励しているようなものである。

継之助は賭博禁止令を出すと同時に、寄場での教化活動にも力を入れた。目明しには玄米二十五俵、その手下には五俵又は六俵の年扶持を支給して、賭博のてら銭収入を頼りにする習慣から脱皮させるように仕向けた。

専門的な博徒に対しては、賭博用具を提供するように命じ、もし隠匿が判明したら厳罰に処すと通告した。あちこちに点在する博徒たちはこれには恐れいったと見えて、続々と奉行所へ出頭する。継之助は彼等を前に、諄諄と説論し、今後の生計の道などの面倒も見てやった。

しかし、どうしてもこの道ばかりは、そう容易に消えるものではない。

古くは一二四四年の「吾妻鏡」に「四一半目勝《めまし》以下の博奕は上下を問わず禁止する」と記載されている。厳罰の規定が出されれば又、かくれてこの危険で魅力のある遊びに打興ずるものは後を絶たない。継之助は賭博禁令がどのように行き渡っているかを、実情調査に出かけることにした。それには自らが博徒に扮して相手に誘いをかける。所謂、オトリ捜査である。彼は町人の風態に身をやつし、以前から評判の栃尾在の勇蔵という博徒の家を訪れた。腰には長脇差、旅人の仁義をきった。

これは継之助が江戸に居た頃、新門辰五郎という幕府お出入りの侠客と知りあったときに、その子分から遊びがてらに教わったもので、それが、時に当たって役に立つ結果となった。

勇蔵はこの界隈を取りしきる博徒であり、侠客でもあった。継之助はかぶっていた笠をとって、右手を拳にして敷居につき、

「ご免なさい」

と声をかけた。すると、家の中から若い者が出てきて、

「旅人、おいでなさいました」

と返す。この一言ずつのやり取りで、互いに相手の貫禄を見抜いてしまうのである。仁義をきる、

というのは一宿一飯でありつけるかの気合いの形であり、侠客の評価とも繫がる大切な礼式なのである。この門をくぐらないと、博徒の資格がないから、どうしてもその場を踏まざるを得ない勇蔵はどうも最初から、継之助の風態を侠客とは見えなかったのであろう。どうも胡散《うさん》臭かったので、これは奉行からの廻し者と睨んだ。その点、勇蔵はプロの侠客、一枚上手《うわて》であったのかも知れない。

しかし、継之助はうまく、この家に上がりこんでから、

「ご禁令かも知れないが、今夜、一賭場、張らせてもらいたい」

とひそかに頼んでみた。勇蔵は禁令が出ると同時に、賭場道具も提出し、今後一切、博奕をしないお約束しただけに、いかに継之助が誘いをかけても一向に動じなかった。それはその筈で、勇蔵のほうも、もし、継之助が役人であったなら、首がとぶのを恐れている。

彼は苦虫を潰したような表情で、とうとう自分から二分金を取り出して、

「これをやるから、他所《よそ》へいってくれ」

と音をあげてしまった。継之助は仕方なく、この二分金を受けとって舌打ちをしながら、家を出たが、これは継之助のほうが、してやられたところである。その足でさらに荒山の喜助という博徒の所を訪ねた。喜助はそんな継之助の魂胆を見抜くことができず、相手になってしまったので、早速に取り押さえられた。

こういう情報は早く伝わるものである。領内の博徒はもちろんのこと、博打に興ずるものは自

然にその弊を消してしまった。

慶応三年(一八六七)、継之助は寄合組に列し、江戸詰、御奉行格に昇格就任した。

長岡藩の組織からすると、寄合組というのは最も上の階級で、家老、中老、御奉行と属し、三百石以上の人が任ぜられるわけである。

つまり継之助は本格的に参政に列する地位についたわけである。しかし、継之助の禄は百二十石、家禄は下だが資格が扶余されたのである。そのような折も折、又、藩全体を揺るがすような大騒ぎがまき起った。

長岡藩には常陸笠間、丹後田辺、信州小諸、越後三根山の各支藩があった。それぞれは長岡藩主牧野家の分家に当たるわけである。このうちの小諸藩の世継問題がからんで、家臣の対立が生じたのである。即ち、藩主牧野康哉《やすとし》の長子康民と二男信之助との擁立問題である。ちょうどこの頃、筑波山挙兵が信州から小諸領内を通行したので、家老の牧野八郎左衛門や信之助派の太田宇忠太が藩兵を出陣させたが、干戈を交えなかったことから、幕府の譴責をこうむる恐れが生じた。既に藩主になっていた康民は責任問題を詰問し、八郎左衛門の家老職を免じ、宇忠太にも謹慎を命じた。

このことに深く恨みを持った信之助派が再度、康民の夫人までも巻きこんで、康民の追い落としを図ったのである。この訴えを聞いた宗家の長岡藩主・忠恭は、当初、奉行職であった花輪馨《けい》之進に問題処理の介入を命じたが、馨之進はこの問題も荷が重すぎるとして、継之助を推挙したので、継之助を奉行格に抜擢してこの事件に当たらせた。継之助はこれがこれからの自分の理想とする藩政改革を押し進める立場に立てる、絶好の機会であると信じたので、直ちにことに当たる決意を固めた。

初めは康民を長岡城に呼び寄せ、問い詰めたが一向に埒《らち》があかない。これはどうも康民自身がこの事件の渦中で、判断がつかない状態に落ちこんでいることがわかったので、継之助自身が両派を説得し、早く鎮撫しないと大事に至ると考え、全権を忠恭から委任されて、秋の気がさしはじめた九月十四日、江戸を発《た》ち、小諸へと向った。彼に従うのは草履取りと合わせて二名、これは故意に身軽の恰好で乗りこんだわけである。碓氷峠から眺める浅間山は白い煙をその頂から噴きあげ、なだらかな山嶺が美しい姿態となって継之助の目を楽しませてくれた。追分を過ぎると急に下り道となる。小諸城下は直ぐ間近である。千曲川の上流に位し、その激しい清流がこの地をうるおしていた。南は八ヶ岳の峨々たる山並みが続く。佐久二郡にわたり、表高は一万五千石だが、裏高は三万七千石である。

継之助は再調査を現地で行うと、意外にも早く事情が明らかとなった。そこで彼は両派をいずれも罰することなく、禍根を後世に残さないよう取り扱いには充分、留意した。特に事件の発端となった二男・信之助は継之助の助力で岡崎藩主・本多候の養嗣子への決着さえみた。本多家は平八郎忠勝以来の名家である。

この紛争の解決に際して、継之助の採った処置はすこぶる公平であり、温い扱いであったので、継之助に対する人物評価はさらに高く上がった。ここで継之助は小諸藩の重臣らと会して、これからの藩の行く末を予測して藩政改革を進言した。それは継之助自身が長岡藩全体に手を付けようとする理想を説いたものでもあり、行財政改革と兵制改革、風俗の改善、産業振興等を力説した。荒地であった御牧ヶ原の開墾を特に提言し、これは後世、富裕な村づくりの源となった。これらの功績で継之助は、御年寄役（中老）に任ぜられた。

これは家老に次ぐ要職で、それまで二名の定員が継之助で三名に増員され、小諸藩に勧めた藩政改革がいよいよ、長岡藩そのものの実践となる日が近くなったことを意味し、継之助の心を躍らせたのである。

十一

その頃、天下の形勢はますます、変化が激しく慶応三年（一八六七）十月、徳川慶喜は大政を奉還した。

その内実は薩長を中心とする倒幕の動きが激しかったのである。慶喜はそのような世情の中にあって、後藤象二郎（土佐藩）がその間に入ってとりなした列藩会議制が、これからの徳川家の権威を保有し続けられる唯一の道と考えていたのである。しかし、既に薩長は倒幕の密約を結んでおり、土佐藩も同じように武力倒幕の方向へと走っていたのである。

事態は幕府が徹頭徹尾、押されまくっていた。天下は急速な勢いで新しい時代へと雪崩《なだれ》こんでいたのであるが、京から遠い長岡藩まではその様相が未だに伝わってはいなかった。

継之助は新しい動きに敏感に対処するため、これからの藩の策をめぐらすことの必要性を覚え、今まで胸中に秘めてきた藩政改革を実現するために立ち上がった。

継之助はその冒頭に、城下の遊郭をことごとく廃止し、娼婦を親元へ帰して女性として家事に尽すか、正業につくかを勧めた。ちょうど継之助が職位に就いた翌々月のこと、城下の貸座敷業者を呼び出して覚書を伝えた。

「両町（横町、石打町）の儀者《は》、兼て仰出だ被れも有り候へ共、数年来の流弊にて、売女体《てい》の者差置き、商売なく罷《まか》り在り候は、甚《はなは》だ以て宜《よろ》しからず、其為、数多くの人心を蕩《うご》かし、一家、一身は申すまでもなく、郷中の一村、市中の町内の苦害を生じ、御領中の風俗を乱し候は、気の毒なる事に候。

今までいたし来り候事故、頓に商売替は一時迷惑にも之有るべく悟り候へ共、夥多《あまた》の人心を蕩かし、悪風を醸し候程の儀と悟り候はば、人心あるもの誰か忍で為すべき筈は之なく候へば、後悔悲嘆も及ばざる事に付、能々《よくよく》心に省《せい》し、御仁恵の仰出被れ、厚く相弁へ申すべき事、売女体《てい》の者、差置かざる旨、兼て申し聞く処、是まで種々申立ての品も之あり候へ共、御領政にも相響き、差置き難き候事に付、此度、厳重に申付け候間、早々先方へ相送り、商売替いたすべく候。万一、隠し置き候者之あるに於ては、屹度申付くべき候。

右之通り、上組、千手町、横町、赤川村並びに石打町まで、申聞か被るべく候。巳上

慶応三年十二月五日」

城下は上を下への大騒ぎとなった。遊郭そのものが廃止されるとなると、男たちの遊び場はなくなる。長岡藩領を通行する旅人も興がなくなる。継之助からこの相談をうけた小山良運も、この案の内容には驚かされた。

大体において、遊郭で遊ぶのは継之助自身が好んでいた筈だったからである。継之助の遊び振りは、この道の人たちでさえ皆、舌を巻いていた程である。江戸にいた頃も、吉原へしきりと通っていた。それが唐突に廃止令を出したのは、彼らしい意図もあったのである。

派手に遊興していたことは、根が女好きであったからかも知れないが、それだけに女の身上についてはひどく同情的であった。

それがタムソンの許で、女権の意味を知り、婦女の教養が次代の人づくりをする重要な役割を果すことを懇切に聞かされたのが、継之助の頭の中にぎっしりと詰めこまれたのかも知れない。志野を長岡へ連れていくためには、長岡が清廉でなければならなかった。長岡に女子学校を設立するためには、娼家は不要である、と考えた。しかし、そのために、途端に救貧におちいることのないため、花輪馨之進から下役人の口の端から伝わるよう、「遊里に浮かれる者は、寄場人夫に徴用される」と、噂をまき散らした。当然、客足は遠のいていく。差当って、更生資金に乏し

い遊郭の楼主には転業資金を貸付けたり、娼婦には旅費を支給して、親元へ帰らせ、行き先のないものは、更生させるように便宜を図った。

このことは、横浜滞在中に西洋の福祉厚生の実情をタムソンから聞いていたので、それを応用したのである。

タムソンは日本人の女性観については、激しい憤りの念をもって、継之助を責めた。

女性は男の奴隷のようであり、忍従という言葉は人間性を無視した差別であると力説した。特に日本国中、どこにも見られる遊郭については、継之助の責任であるかのように詰った。継之助も女遊びにかけては、他人もその道の通であると見ている。妹の安子が呆れたような調子で話していた。

「兄さんはよく遊んだこともありました。桐油《とうゆ》屋の三代吉という芸妓を贔屓《ひいき》にしていたらしく、よく私に旦那さまはお前は妙な顔をしていると言っては、それ取り代《かつ》ちをしろ、と二朱金の小粒をばら撒いたりしたらしいのです」

それに呼応するように、外山脩造も後に回想して、

「河井さんがいつも語っておられたことは、女郎屋の客に上・中・下の三通りの種類があって、上・中というのは金の融通も出来、妻子もいる分別盛りだが、こんな客を相手にしている女郎屋などは、みんなぶっつぶしたほうがよい。女郎などは本当に可愛想なものだ」

と語っていたと言っている。

タムソンがキリスト教の伝道で、いち早く教化しなければならないことは、まず貧窮者の救済だが、それに繋がるように婦女子の人身売買が平然と行われ、それが遊郭という公的な施設で売春を強いられているという事実であった。このことはタムソンを派遣したアメリカ・長老教会の伝道布教活動の一つ目標でもあった。そのためには、婦人による婦人のための救済事業や教育事業の下準備が必要であり、その活動時期でもあった。

この教派の一団には、他にJ・C・ヘッバアン、カロゾルス、ルーラス、ミラー等の宣教師もいた。タムソンは後に、バラやブラウンと伝道の基本的な方針としての聖書の日本語訳に着手していた。そのアシスタントをしていたのが志野であった。

さて、遊郭の代表は江戸吉原であるが、最盛期で遊女が三千人いたというから、かなり大規模な遊び場でもあった。確かにここは、男社会にとっての遊び場であり、務めをとる遊女にとっては厳しい世界でもあった。しきたりと呼ばれる規律に縛られ、女たちは女衒《ぜげん》によって買い集められたものである。そこでは女の人権などは到底、考えられない社会である。継之助にはタムソンの道徳的な厳しい感情が異国でも自由に発露できることにただ驚きの思いに満たされた。まるで自分の国の女性が虐げられ、犯され、無惨な思いに打ち拉がれているように実感しているのである。

継之助の目に一つ、新しい倫理感が明快に写しとられていたのである。そしてこれに今一つ、大きな力で拍車をかけたのは志野の清純さであり、気高さであった。

「継さ、あまり急激な改革はかえって反対者が多く出るから、気をつけたほうがよいのでは……」

小山良運は心配していった。継之助の直情径行には決断力と実行力の冴えはあるが、衆議を無視する危険性があるので良運も気にしていた。

「しかしなあ、良運さん。今はそんな悠長なことを言っている時期ではない。今にも薩長の輩は幕府を討つ構えさえ出来ている。藩をまとめ、力を貯えておかないと、とんだことになる」

と、焦りにも似た強い語気が返ってきた。

継之助は薩摩や長州の出方が気になっている。ことごとに次の手、次の手で押してくる。幕府は完全に押されっ放しである。あとは退く際までいったら、嚙みつく他ないであろう。とすると戦《いくさ》である。長岡藩はその時、どう対処するか、今は誰もそんなことを考えてみようともしていない。しかし、いずれ、突き当たる問題である。継之助の目はじっと、明日の景色を見つめていた。

継之助の異例の昇進に対する非難、中傷は決して少なくはなかったが、藩主忠恭の信任は抜群であった。継之助も忠恭も洞察の冴えがなかったならば、決して門閥社会の列に加えられることはなかった筈である。家老門閥は禄七百石から二千石の中に、僅か百二十石が加えられるのは異例中の異例という他はなかろう。

継之助が畢生の藩政改革に手を染めていったのは、忠恭の跡、丹後宮津藩主・本庄宗秀の第二子を養子として迎えた忠訓の時であった。

まず、継之助の傾注した事業は、藩の財政窮乏に対する救済策であった。

当時、各藩の共通な現象は財政問題であった。因に長岡藩における慶応元年十月から翌二年九月までの財務収支状況を一督すると、

収入

一、金一万四千百四十両　米代
一、金　四千五百八十八両　大豆代
一、金　百四両　小豆代
一、金　百三十九両　稗代
一、金　一千七百九十八両
　八ヶ組諸役銀　並に高梨村石代金、長岡町入役銀、甚外細細上納金共
　合計　金二万一千二百八両

支出

一、金　二百八両　油荏《えごま》代渡し
一、金　一千三百両　大坂送り
一、金　一千五百三十二両一分
　芝上野初め両表、細々御借金利子

一、金　一千五百十両　公辺年賦御上納金
一、金　三百六十両　細川様御無尽掛金
一、金二万両　江戸御雑用金
一、金　五千八百五十両　長岡御雑用金
一、金　七千四百両　御香所入用
一、金　五千余両　江戸表臨時の御借金、当節御返済に相成るべき分
一、金一万五千七百両　長岡表不時の御才覚金、当御収納にて御返済相成るべき分
合計　金五万八千八百六十両一分
差引　金三万七千五百五十二両一分　不足
　此の内　金二万四千両　御中才覚
　　金　三千両　長岡町才覚
　　金一万五百五十二両一分　元方才覚

となる。即ち、収入につき支出が二・七倍であり、殊に収入を上回る二万三百三十二両一分が借財の返済金や利子に当てられている。つまり、借金返済だけで火の車である。

継之助は執政となって、藩の帳簿を調べた時に、目から火の出るような驚愕で身を震わせた。累積赤字は約二十万両。江戸表の御用経費の五万両は皆無というピンチ状態であった。その赤字財政を領民はひっかぶらされ、苦情不満の声はしきりに挙がっていた。既に税引上げどころか、

下手《へた》をすれば一揆も生じかねない。山田方谷を通して財政危機の立て直しをつぶさに見聞してきた継之助はいよいよ自藩の事業に着手する段階であると感じた。山田方谷から学んだ、「論ズ二理財ヲ一」からも、財政再建の道はまず官吏の腐敗を改めることと、継之助は人事の刷新を強行に実行したのである。大体、狡猾な官吏は、領民と結び、賄賂をむさぼり、私腹を肥やし、自分たちの都合のよいように規則を作りあげ、徴税をくすねるから、本来、藩庫に入るものが、腐敗官吏の懐に転がりこんでしまうのである。

　これでは赤字になるのは当然である。継之助は考えただけでも腹の虫が収まらない。義憤が燃え盛り、信頼のおける小金井義兵衛、三間市之進、花輪馨之進、植田十兵衛らの人材を藩の要処要処に送りこんだ。これはクリーンな藩行政を推進するためでもある。特に財務に堪能な村松忠治右衛門を御勘定頭に据え、藩主の幕府要職における多額な外交出費、京都、江戸詰の多くの派遣要員の出費、長州征伐の折の諸経費、新潟港の幕府よりの召し上げ等、かなりの経費の濫出のあることも調査、見直しを命じたのである。藩候の什器、図画骨董類も、藩財政の立て直しの理由をもって売却し、その売上げ金を藩庫に収めさせた。

　このことは従来の門閥・有司に対する継之助の明らかな抵抗でもあった。ただ単に、血筋、系統だけがよい思いをしてきた旧体制の矛盾をそこから突き上げて、能力あるものが、新しい時代の国づくりに後見していくことの証しを示したものでもある。しかし、小山良運も心配していたように、あまり極端に改革を進めると、必ず反対者が生れ、徒党を組んで足を引っ張る現象が起こる。継之助は西蒲原郡吉田村の富豪・今井孫兵衛の邸宅を訪れた。邸は総檜造りの豪奢な造りであった。庭は山水の趣で、それこそ贅《ぜい》を極めたものであった。孫兵衛は殊の外、手堅い男であまり、自分の気持を表には出さない性質である。

継之助は訪れた旨を率直に話した。

「おみしゃんも既に知っておろうが、藩の財政は窮乏に瀕しておる。天下はこれから争乱の巷となるやも知れぬ時、長岡藩だけはその戦火から脱れさせたい。そのためには藩の実力をしっかり固め、他藩から指一本つけさせぬ程の力を誇示せねばならない。それには藩政も徐々に改善している次第だが、藩士に対しても当面、給米から面扶持（一人分の食糧で、男の一日に玄米四合、女、子ども三合）だけを残して、あと一切を借り上げることにした。よって、藩への債権者に対しても協力を頼みたい」

と、懇々と説得し続けた。つまり、継之助の意志は、藩が借りている孫兵衛の三万両の棒引きであった。当初、孫兵衛は目をまるくして驚き呆れてはいたが、継之助の熱のこもった話に、いつの間にか引き入れられてしまった。継之助は将来の長岡藩の国づくりについて理想を述べ、その協力方を孫兵衛に要請したのである。そのために、孫兵衛を執政の中に入れ、御勝手元方役に任じ、禄百五十石によって召し抱える約束をした。

孫兵衛はこの条件であっさりと三万両棒引きし、その上、更に新たな献金をも上納した。

孫兵衛の藩政協力は連鎖反応を引き起こして、他の富豪たちも次々と協力に応ずるようになった。継之助は事業を推進する上で、藩内が一心同体であることに腐心した。そのためには財務を公表し、領民も納得するような方向へ持っていった。このことは、いずれの藩にも経験のない未曾有の出来事であり、旧来の武士社会のもつ封建体制の型を完全に破った近代政治の在り方を示したものといえるのである。

献金者に対する明細を次のように布達しているもの、継之助らしい仕草であった。

「昨寅年（慶応二年）、仰生し被れ候御用途金並に今井孫兵衛始め心底献金、左の通り非常御入用之れ有り、残金の儀は、火急の御用途計り難き御時勢に付、御広間に御備之置か被れ候間、心得申聞け為し候。

金拾万二千八百七十四両一分

内金七万三千四百八十二両　右非常御入用並に軍器新調費

残金二万九千三百九十二両一分　右広間御備金

三月（慶応三年）」

これでみるように、この年の収支決算では、九万九千余両の剰余金を生み出し、それを領民に公表したのである。

継之助のこの急速な改革の裏には、時勢の流れに早く対処すべき、藩内の体制づくりに力が注がれているのである。ここには、近代的な軍備の充実、施設の確充、領民の意識を高める文化振興、産業の振興等を、フル回転で進めなければならない焦りにも似た気持ちがあった。薩長を中心とする倒幕と新しい国づくり政策は、着々と歩を進めてはいた。彼等の新しい体制とは、彼等の権力を握ること、全国統一を行なうことで絶対主義政権の構想を既に、マスタープランで組み立てられていたのである。これに継之助は膝を屈するか、長岡藩独自の行き方を断行するか、二者択一は時間の問題として察知していた。しかし、継之助の他、藩政の指導者たちは決して、目をそこに向けるだけの見通しは持てなかった。

継之助は藩内の有為の青年のために、藩塾を新しく立て直し、そこで成績の秀れたものを江戸へ遊学させる計画をたてた。特に、彼の頭の中には、タムソンを通して、西洋の近代思想に触れる英学校への留学制度の夢も描かれていた。婦女子のための女大学を設立し、西洋の文物に接触できるルートを志野に任せようとも考えていた。そのためには早く志野を長岡に呼ばなければならない。タムソンの頑固さに、さすがの継之助も辟易していた。

その頃、志野はタムソンをはじめ、ヘボンやバラと共に聖書翻訳の事業に精魂こめて、そのよき助手の働きに尽くしていた。そのかたわら、ヘボンの妻が英学塾を開設したのを機会に、その塾頭に任ぜられ、ますます多忙を極めていた。この英学塾には、後に、林董、高橋是清、三井物産を開いた益田孝、軍医総監となった三宅秀らの俊英が学び、ヘボン塾として一斉を風靡し、後世の明治学院の基礎を築いた。

タムソンらの聖書翻訳はマタイ福音書を手がけていた。タムソンも和漢の学に通じていたが、どうしても表現が固くなりすぎる。庶民に対する聖書普及を目的としているだけに、志野の女性としての繊細な感覚が、この仕事には大切な役割を果していた。翻訳事業が本格化したのは、一八七二年の横浜宣教師会議における各派からの翻訳委員代表によって進められた。この時の代表委員長はブラウン・S・Rである。これにはタムソンらの訳も参考に供された。正式に出版されたのが、一八七五年の「路加伝《ルカ》」、その翌年の「羅馬書《ロマ》」であった。

志野はしかし、仕事の無理が重なり、性来の病弱から床に伏せるときが多くなった。ヘボンも大変、気を使い、志野の施療に尽くしてはいたが、病状は捗々《はかばか》しくはなかった。即ち、当時の難病といわれた結核であった。

窓越しに街路樹の枯れた大きなベージュ色のポプラの葉が、風もないのに、すうっと落ちていく。時折、はっとする程の響きが志野の耳を打つ。葉ずれの乾いた音である。一週間程前に届いた継之助からの書状を思い出していた。

継之助の切々とした恋情のような響きが、文面から志野の心をうったのである。それがあの葉ずれの音と交叉して、志野の胸の内に痛みを覚えさせた。

「是非、長岡へお越しくだされ。長岡の婦女子の教養のために、あなたの力をお貸しくだされ。長岡はこれから自由な人間を大切にする国づくりに励んでまいりたく、お心を早くお決めくだされ。時がありませぬ」

と、志野の胸底を激しく揺さぶるような、心情が迸っていた。志野が今まで、心の底に押えていた継之助への慕情が、勢いよく湧き上がってくるのを覚え、思わず、

「継之助さま」

と声を発しかけ、掛布の端を唇《くち》で噛んだ。戸外の風景が次第に霞んでいくようである。志野の目にうっすらと熱い涙が浮かんでいた。

幕末動乱の渦中へ

十二

さて、藩塾の構想は小山良運の指摘が多かった。塾の目的は学術よりも、むしろ人格の陶冶《とうや》であり、心の豊かな人間形成であった。

久敬舎の塾頭小田切盛徳は、継之助が塾を去る時に、親しく、「送二継之助河井君一序」と送序を餞に作ってくれたが、その中で、

「もし新潟、一旦、外国の変あらば、則ち二藩（長岡と盛徳の米沢藩のこと）みな兵を出して、之を伐たざるを得ず……報を聞いて則ち発せば、則ち長岡は常に先鋒と為らざるを得ず。……余、他日、長岡の出兵を聞かば則ち吾が先鋒、問わずして継之助たるを知る。云々」

と、継之助の将来の藩政切り盛りを予言しているかのような文であり、継之助の才覚を既に認めていたのであった。

鈴木虎太郎の純粋な若者ぶりも健気で新鮮な感じを与えてくれていた。継之助は何かと彼を揶揄し、困らせたことも多かったが、今、その懐かしさが蘇ってくる。しかし、どうも江戸は若者を誘惑するさまざまな土壌がある。

折角、才能をもって遊学に出ても、あたら尾羽打ちからして、放々の態で帰国するものも少なくはない。その因は、やはり遊郭であろう。これからの有為の青年には環境の大切さを強調していきたかったのは、継之助自身がひどく、その体験の上から学んだことなのである。

藩政立て直しと同時に、継之助が本格的に取り組んだ事業は兵制改革であった。

当時の幕政における兵制は、各藩の石高に応じて軍役を課することを立て前としており、一万石高に馬上十騎、旗二本、槍三十本、弓十挺、鉄砲二十挺、兵員二百三十五人、五万石、馬上七十騎、旗十本、槍八十本、弓六十挺、鉄砲百五十挺、兵員千五百人等、義務付けられていた。しかし、長い太平の世によって、貨幣経済が発達、消費生活の膨張で各藩も借金が増え、財政困難におちいると、装備そのものは有名無実となってくる。その上、前近代的な組織兵力であるから、要するに集団戦法よりも個人の功名心が相変わらず優先する。

兵制については、横浜滞在中、特にブラントやシュネルらから洋式の兵制について丹念に情報を得ていた。西遊の際も、各藩の軍備については逐一、目にしてきたことでもあるし、薩摩、長州の近代的兵装や軍事訓練については耳にしてきたのである。しかし、家老たちや藩士たちはあまり、兵装の近代化には乗り気ではないし関心もなかったが、ペリーの来航を軸に、あわてて、藩では各地の洋式指導者に藩士を入門させ、その砲術、兵制を学ばせたことはあっても、旧来の刀槍戦を核とする武士の考え方は容易に転換できなかった。しかし、継之助は躊躇《ためら》わず、一時に兵制を切り換えることを急務とした。この時に役に立ったのが、かねて親交のあったブラントやシュネルである。

継之助は急拠、江戸藩邸の役人を遣わして最新式の銃砲、弾薬を購入させた。

継之助の洋式調練は困難を極めた。それは旧来の因襲との相克である。武力は刀槍が無上の武器であり、それを鉄砲とか称する飛道具に切り換えられることは、武士の道が廃れるという保守固陋《ころう》の声が喧しかった。継之助はこの兵制改革には身を挺しての強行実施策に出た。布達をもって全藩士にミニェー銃を貸与、管理させた。そのために根本的に従来の組織を組替え、銃隊組織とし、槍、刀の類の稽古を禁じた。編成は四大隊、三十二小隊、一小隊は銃手三十二名、隊長、小令、事令、鼓手、計三十六名、総兵数千百五十二名、他に年少隊、高令隊を予備軍として組織化した。

この編成は幕府布達では長岡藩七百名で義務づけられていたから、数段の充実であり、近代的な戦闘能力を具えたといってよいであろう。

更に、藩士禄高を百石を中心として平均化したのである。恐らく不可能と言われたこの改革に全藩士が協力したのは、まさに奇跡的とも言える画期的なことであった。これによると、身分の高下は少しでも緩和される。神の前には平等である、とするタムソンの唱えた聖書の教えが現実の中に活かされたことになる。即ち、二千石の筆頭家老が改正後は四百石高となり、最も多い家禄の四十八石から二十五石までが七十五石から六十石高となった。これは貧富の格差を大巾に縮小した、当時としては驚嘆すべきものでもあった。勿論不平分子もないわけではない。いつか袋叩きに会わないとも限らない。継之助の身辺の警護は固められたが、一向にお構いなくどこへでもひとりで出歩く始末で、周囲の人たちを困らせた。継之助が改革に着手した年、門閥による家老職から考えると、異例の抜擢で家老上席にのぼった。しかし、この時の禄高は百二十石であった。

この年の十一月、藩主忠訓を擁して、継之助は幕船順動丸に便乗し大坂へ発った。これは、大政奉還を受け入れた朝廷が、これからの国の方針を検討するため、諸侯を京都に召している事情から、徳川氏の関係の深い長岡藩は、譜代としても、その苦境を見るにしのびず、積極的に朝廷と幕府との間の仲介をすべきであることの継之助の献言によってのことである。ところが大坂滞在中に藩主忠訓が旅の疲れの故《せい》もあってのことであろう、発病、療養している間に、京都周辺では朝幕間に一触即発の危機的状況が生れていた。そのために徳川慶喜は会津、桑名の藩兵を連れて、二条城を退去し、大坂城へ移ってしまった。

この急変に対して、継之助は大坂城へ駆け付け、老中首座・板倉勝静に面会、長岡藩主の西上の目的を述べ、朝幕間の仲介の「建言書」の草稿を見せて、勝静の意見を問うた。

この時の継之助の考えは、江戸における幕府立て直し策を主張していた。幕府の軍事顧問であるフランスのロッシュも同様に、この策を慶喜に勧めていたのである。ロッシュは絶対主義国家の構想の中核は、あくまでも官僚機構の整備であり、行政事務分担の閣僚と省を設けるべきである。従来の門閥を廃止して、有能な人材の登用を積極的に実施すべきであり、旗本あたりからの抜擢はどうかと建言している。彼の理想はナポレオン三世であった。軍事問題にしても、陸軍の整備、装備、兵器の統一であり、そのために軍事使節団も既に着任していたのである。これに対する膨大な軍事費の収入は、不動産税、消費税等、新たな税制も進め、交通、運輸手段を確保する事態は急速に肝要だとした。彼の勧告は、基本的に日本改革案として評価されているが、皮肉にもこれが、徳川幕政倒壊後の明治政府が地でいったことになった。

さて、継之助の質問に対して、勝静は慶喜の意見を伺うとしか言わなかった。その言葉を聞いた継之助は直感的に、既に幕府の敗北を予感した。しかし、あり得る可能性を棄ててはならないと心に決した継之助は更に、

「この上は、直ちに薩長に対する手は打たれるのか、江戸へ退かれ、今一度《ひとた》び、体制を整えて向かえるのでござるか」

と問うてみた。勝静は、

「長岡藩としてはどう考えるか」

と反問した。継之助は、

「恐れながら、近ごろの御政令の不当と長州征伐の不振などを推察いたしますれば、薩長は討てまいと存じます。しかし、江戸における再度の備えと申しましても、今や遅きに失しております。

このことは当方も藩主と相談のうえ、お答え申し上げます」

と言い、更に付け加えて、

「もし、立ち上がりまする時は、必ずや国元から出兵、ご奉公に相務めます」

と力強く言い放った。これには勝静も非常に喜んで、

「これからも意見があれば遠慮なく申し出い」

と快く言った。落ち目の徳川氏から次々と離脱していく各藩から比べれば、長岡藩の忠節は珍しいことかも知れない。勝静は直に、この「建言書」を慶喜に見せたところ、慶喜も継之助に対し、頼もしく思い、喜びの言葉をかけた。


その翌日、継之助は再び、忠訓を擁して入京、北野の林静坊で休息した。継之助が名代として、三間市之進、渋木成三郎を従えて、御所に入った。この時、継之助の目に薩摩、芸州、御前、越前各藩の銃隊がものものしく警備している姿が入った。既に戦端がいつでも開かれる体制であった。継之助が面会した公卿は長谷《なかたに》三位と五辻少納言であった。「建言書」を提出し、趣旨説明したが、継之助の気持ちはこの建言そのものが、まことに出過ぎたものであり、それが災となって、自分がどうなっても構わない覚悟の上であった。

しかし、黙って聞いている長谷と五辻の目は「建言書」どころか、あらぬ方向へ落ち着かぬ動きを見せて向けられていた。継之助はこの時、全身から力の抜けていく虚《うつ》ろな気が走るのを覚えた。

郵便はがき

お手数ながら切手をお貼り下さい

522-0004

滋賀県彦根市鳥居本町655-1

サンライズ出版 行

〒

■ご住所

■お名前《ふりがな》　■年齢　　歳　男・女

■お電話　■ご職業

■自費出版資料を　希望する ・ 希望しない

■図書目録の送付を　希望する ・ 希望しない

サンライズ出版では、お客様のご了解を得た上で、ご記入いただいた個人情報を、今後の出版企画の参考にさせていただくとともに、愛読者名簿に登録させていただいております。名簿は、当社の刊行物、企画、催しなどのご案内のために利用し、その他の目的では一切利用いたしません（上記業務の一部を外部に委託する場合があります）。

【個人情報の取り扱いおよび開示等に関するお問い合わせ先】
　サンライズ出版 編集部　TEL.0749-22-0627

■愛読者名簿に登録してよろしいですか。　□はい　□いいえ

ご記入がないものは「いいえ」として扱わせていただきます。

愛読者カード

ご購読ありがとうございました。今後の出版企画の参考にさせていただきますので、ぜひご意見をお聞かせください。なお、お答えいただきましたデータは出版企画の資料以外には使用いたしません。

●書名

●お買い求めの書店名（所在地）

●本書をお求めになった動機に○印をお付けください。

1．書店でみて　2．広告をみて（新聞・雑誌名　　　　　）

3．書評をみて（新聞・雑誌名　　　　　）

4．新刊案内をみて　5．当社ホームページをみて

6．その他(　　　　　)

●本書についてのご意見・ご感想

購入申込書

小社へ直接ご注文の際ご利用ください。
お買上 2,000 円以上は送料無料です。

書名　（　　冊）

書名　（　　冊）

書名　（　　冊）

「暫く控えているように」と言ったきり、二人の姿は二度とこの場に現れなかった。

ただ、代理人と称する男が、継之助を引き取るようにと伝言しただけであった。もし、この時、強硬派の公卿・岩倉具視でも相手になっていたら、継之助は無事には済まされなかったであろう。建言書奉呈は黙殺されてしまったが、これは又、薩長に対して長岡藩の印象は悪いものとなったのであろう。「建言書」そのものの内容は、「今の混迷の世相は天下の太平を願ってのことではなく、私的感情と野心からの騒乱である。徳川氏を弱体化するのは、日本そのものの弱体化に繋がるから、徳川氏を信頼して政権を任すべきである」という徳川氏のために弁じて、非常に激越な文辞を放っている。

この年の十二月に福井藩主・松平春嶽、尾張藩主・徳川慶勝が二条城を訪れ、京の地では戦いは必定、ひとまず大坂城へ移るよう慶喜を説得した。この会談で二人は朝廷側の要求する将軍の辞官、納地問題の解決に尽力することを約束した。大政奉還はされたので、辞官は当然のことであるが、領地返上は幕臣の死活にかかわることであり、朝廷の命令に即答はしかねると突っぱねてしまった。しかし事態は緊迫しているので、慶喜は春嶽、慶勝の言う通りに大坂城へ入った。慶喜は策略家でもあり、政治能力は秀でていたので、朝廷側との駆引きはすこぶる対応はうまかった。

しかし、倒幕の臍《ほぞ》を固める薩長の謀略にむざむざと乗せられていくのである。

継之助が大坂城へ入った頃、城中はあちこちで激論が戦われており、蜂の巣をつついたような騒ぎであった。つまり、薩摩藩が江戸で暴徒を唆《そそのか》し、市中に乱暴狼藉を働いたために、幕府は遂に、堪忍袋の緒が切れて藩邸焼打ちをしたという情報が入っていたのである。

城中では主戦論が中心となっていた。時勢はのっぴきならない戦いの方向へと走っていた。幕府はともかく出兵の決意を固めた。継之助は勝静に再度、面会し、出来る限り、平和のうちに局面を打開したいとする藩主忠訓を擁して今一度、仲介の労をとりたいと願った。

「出来得れば、関東へ引き上げ、内政を整え機会を待つべし。開戦は不要」と強く言い放ったが、勝静は、

「既に出兵してしまっている。致し方なし」

と言うのみであった。継之助はとって返すように、会津・桑名両藩の江戸家老に直接談判し「今、出兵は危い、強行するならば、大津口、丹波口、山崎口などの要路を絶つように、そうすれば在京の薩長らは物資欠乏で自滅する、いきなり戦いを挑むのは愚の骨頂」と論じた。しかし、戦さという興奮の坩堝《るつぼ》にはまりこんでいた会津、桑名の諸将は、継之助の声らに何ら耳を籍《か》すこともなく、薩長ばらを一気に蹴散らして見せん、とばかり豪語し際限もなかった。継之助らの長岡藩は、大坂玉津橋の警護を命ぜられ、六十名余りの藩士を率いて部署についた。この場所は大坂城の東南面に当り、生駒山の暗峠《くらがり》を越えて大和路へ通ずるお伊勢参りの通過橋であった。橋のかかる平野川を渡ると、更に猫間川の一文橋、玉造りの二軒茶屋がある。ここからは城内へ一足とびの距離である。

慶喜は薩摩藩の動向に対して、「討薩の表」を諸藩に配り、一戦交える目的をしたのが慶応四年（一八六八）元旦であった。老中格・大河内正質を総督とする東軍千五百人が大坂城を出発、淀城へ入った。淀藩主は稲葉正邦、江戸にて老中を勤め、当主不在中であった。ここで、会津藩を主力として、旧幕府歩兵、新選組、高松、浜田藩らの本隊は陸軍奉行・竹中重国の指導で、伏見奉行所を本陣とした。更に一方、桑名藩、旧幕府歩兵、見廻組、大垣藩らの別動隊が陸軍奉行並・大久保忠恕の指導下に鳥羽街道を進んでいった。これに対して、西軍は長州、薩摩、芸州藩兵らが伏見奉行所を包囲する陣形をとり、鳥羽口の四ツ塚関門に薩摩、彦根、西大路藩兵が陣を構えた。こうして鳥羽伏見の戦端はいつでも開かれる状況となった。東軍は「討薩の表」を掲げて、関門を突破したいが、それを阻止する西軍との談判の駆引きが繰り返された。ちょうど午後五時頃のこと。大久保忠恕らが強行突破で更新を開始した直後に、薩軍砲隊がこれを目がけて砲火を浴びせた。こうして鳥羽伏見の戦いの火蓋がきられた。やがて、これが長岡、戊辰戦争への長い悲惨な道へと続いていくのである。

継之助の陣所へは、しきりと東軍敗報が入ってきた。住人たちが家財道具を車に積んで続続と逃れてくる。玉津橋は雑踏をきわめている。砲声がしきりと聞こえてくる。これはかなりの激戦であろうかと思わせ、長岡藩兵も落着いてはいられなかった。しかし、城内からは何の指図もこず、継之助はただ、藩兵に部署を固守することしか指示できなかった。

しかし、どうも様子がおかしいと気づいた継之助は、ひとり馬を駆って城内に入ってみると驚いた。それもその筈、城内は既に藻《も》抜けの殻で、乱雑極まりなく書類は散乱し、その間を武士が右往左往。中には城内の金《かね》めのものを抱え込んで運び出しているものもある。

早速、そのひとりを把えて聞いてみると、慶喜は会津・桑名両藩共々、城を脱出、天保山沖から軍艦に乗って江戸へ帰ってしまったとのこと。それこそ狩り集められた各藩の諸将たちは、急ぎ国元へ退去の最中であった。これも同様に置き去りにされた笠間藩主・牧野貞明が、当惑した表情でひとりぽつんと居残っていたのが継之助には印象的であった。継之助はそれらの光景を目撃し、呆れてものも言えず、今まで真っ正直に玉津橋を死守せんと動かずにいた藩兵を即刻、移動しなければと、まったく冷汗三斗の思いで大和路から伊勢松阪へ出、海路三河へ揚陸した。

この間、継之助の胸中を過《よ》ぎったのは、〝徳川は滅びる〟という激しい思いであった。

三百年の治世は一体、何であったのだろう。

そこで培われた国づくりは誰のためであったのか。ひとり徳川氏のみのものだったのか。国を支える民衆のためではなかったのか。

継之助の思いは、まるで瓦礫の如く崩れていった。武士とは一体、何であるのか。武士道とは何なのか。まるで反芻でもしているかのように、呑みこみ、吐き出す繰り返しの思いが全身を駆けめぐっていた。

長岡ではこの間、大坂にある藩主一行が気がかりである上、京坂方面で戦端が開かれた情報も入ってきたので、とりあえず応援の兵を差し向けることにし、花輪馨之進の率いる四十名程の藩兵が北陸路を南下した。更に遅れて、国家老稲垣主税が銃士三十名、銃卒五十名、計八十名の一隊が後を追った。ところがその三日後に江戸から奥山善八が馳せ帰って、鳥羽伏見において東軍敗退、慶喜が江戸へ逃げてきたとの情報を知らせたと同時に、江戸藩邸からは出兵を見合わすようにとの下知も入った。前後して既に出兵していった花輪馨之進や稲垣隊は、ちょうど近江の湖西路、今津の宿に差しかかった折、南から命からがら逃げのびてきた新選組の隊士と出会い、様子を聞くと、これはもたもたしていたら藩主が危ないと見て、急遽、江戸へと向きを替えた。ともかく藩主一行は三河へ向かっているとの報は耳にしている。花輪らは懸命に足を早めた。はずむ息の中で、花輪はしきりと、

「失敗《しま》った」「失敗った」

と繰り言を発していた。思いは藩主らの無事を祈るばかりである。走るような一致の姿はただ、首だけが先へ出て、足の遅いもどかしさだけが悔やまれてならなかった。

遠州掛川でやっと藩主一行に追いついた時は、ほっと安堵した故か、全員がへなへなと地上に崩れ折れてしまった。しかし、この時、継之助の大きな怒声がとんだ。

「今は、我が藩を守ることが先決だ。その責任を忘れて、こんな僅かな兵を引きつれて、ヒョコヒョコ出てくるとは、どういう考えなのか、馬鹿もいい加減にせい」

この時の継之助の心中は、今、一番、大切なことは長岡を自分たちの手で守るほかないとの思いで一杯であった。旧幕府はもう当てにはならない。自分たちの国は自分たちで守るしかないの

だ。それなのに国家老は愚かにも出兵などして、これ以上、薩長側に長岡討つべしとの口実を与えてしまったらどうなる。

――という危惧が継之助の全身を走った。

継之助は翌日、花輪のみを連れて江戸へ走った。ともかく江戸の事情を摑み、それから長岡藩の対処すべき方策を打ち出そうと考えた。藩そのもの大勢《たいせい》は徳川氏の重藩という意識の下で、藩を挙げて佐幕論であった。忠恭は徳川氏が苦境に陥っているときこそ、神君家康公の御恩に報じ、忠誠を尽すべきことを、折ある毎に藩士に通達し、気持を昂めていた。

こういう混乱時には、さまざまなデマがとび交う。藩主や継之助らが江戸にいる留守中の国元では、不安だけが先走りをし、小さなことにも神経をいらだたせているばかりであった。「薩長兵が勅使を擁して与板藩に到着した」とのうわさはあっという間に広がった。

藩庁は最初、あわてはしたが、日頃のうっ積を吹きとばそうとする意志が、十七歳から五十歳までの全藩士の非常呼集となった。要するに、臨戦態勢をとったのである。一方、恭順派の意見も出たが、全長岡がまるで炎のように、薩長討つべしの敵愾心となって燃え上がっていった。

江戸藩邸では誰もが落着きを失っていた。

誰もが一番、心配するのは藩地のことである。継之助はもちろん、藩主不在の長岡の混乱ぶりは手にとるように判るのである。この頃は日本中の諸藩が同じような苦慮のさ中にあった。

藩邸の庭の池は所々、白い模様のように氷が薄くはっていた。普段、姿を見せる緋鯉もきょうはひっそりと隠れてでもいるかのように静かであった。まるで、この世の争乱から身を避ける兆のようにも思えた。

三間市之進が部屋へ入ってきた。継之助が招じたのである。

「このままでは埒《らち》があかぬ。もう、腰をあげてもよいと思うが」

継之助の呼びかけに、市之進も、

「さようでございます。何せ、藩が気がかりとなります」

と心配そうに答えた。

「お主《ぬし》、忠恭候に侍して、長岡へ帰ってもらえるか」

「河井様はいかがなされます」

「俺は暫く江戸に残って、あとの始末をする」

継之助には、これからの方策が胸の中に畳みこまれている。それは長岡藩にとって死活の鍵を握っている大仕事でもあった。

藩主一行の長岡帰藩は二月二十日であった。

藩主を見送った継之助は、ほっとする間もなく、直ちに会津・桑名・唐津藩その他東北諸藩の士に連絡、所謂、大槌屋会議が開かれた。この席上で確認されたことは、このたびの戦乱は、天子の真意ではなく、薩長の天下統一の野望である。その意味では徹底抗戦辞せず、但し、今一度、朝廷へ嘆願し、征東軍を撤回してもらう策を講じようということの結論であった。継之助は既に、その方策の効果は薄いであろう、薩長は徳川を徹底的に打ち崩す線で進めているから、こちら側の力をどこかで表わす機会を得たい。力には力の均衡を保たしめることで、薩長の考えを弱めるべきである。それには、箱根の地を利用して西軍を押さえよう、と進言したが、並居る諸藩士は、この策には誰も賛意を表するものはいなかった。出来得れば、戦争を避けたいというのが本意であろう。諸藩も、会津・桑名藩以外の小藩では、現実、薩長を中心とした西軍と戦う力も気持ちも欠けている。

継之助は会議の雰囲気が気弱になっていくのを察知して勢いよく言葉を吐いた。

「これからの長岡藩の行き道をひそかに心中固めております。それは長岡をしっかりと我が身で守ること、それから時宜に従う外、ございません」

この会議では継之助は気持ちばかりが昂《たか》ぶり、ひどく興奮してしまった。あまりにも腑甲斐無い徳川政権の成れの果てに、悲痛な面持ちである。譜代の大藩でも彦根藩が早くも恭順、逆に西軍のために応援の兵を出し、長年の恩顧に対して刃を向けている。

因に、彦根藩は井伊直弼の苛酷な尊攘派弾圧の結果、桜田門外で薩摩藩士有村次佐衛門他、水戸浪士らに襲撃され命を絶ったの安政七年(一八六〇)三月であった。この後、幕府より藩主・直憲は京都守護職を免ぜられ、蒲生・神崎二郡の上知、更に差控と減知の処分を受けた。この折、薩長志士の潜入が激しく、藩内が二分紛糾した。特に、家老・岡本平介は長州藩士ら勤王派の志士と接触していた。長州征伐で先鋒をつとめるなどして、活躍したが、一転、鳥羽伏見戦では、明らかに西軍側として大津の警備についている。

幕府権力の絶対化に努めた大老を出した譜代筆頭の大藩が示したこの行動は、去就に迷っていた諸藩の動向を決定させるのに大きな影響を与えたことであろう。

長岡藩主牧野候の縁続きである膳所藩に目を向けてみよう。譜代であるが、尊王攘夷への藩論統一で揺れ、すこぶる険悪な状勢下にあった。慶応元年の長州征伐軍の膳所城宿泊は、不穏な形勢という見地から大津へ変更され、そのために疑われた藩士らが責任をとって切腹、斬罪等の処分を受けた。鳥羽伏見戦では西軍に加担、桑名追討の先鋒として出兵した。長州第二奇兵隊第一小隊長の大伴三郎は膳所藩士であった。

継之助は他藩が信用し得ないという事実を、このような大局に直面してはじめて知らされた。口先では徳川三百年の恩顧とか、滅私奉公とか叫んでいた輩が、土壇場でひっくり返る始末に、義理も恩も武士の意地も、自己保全のためにはかなぐり棄て、呆れ果てたものだと悲憤慷慨の念を禁じ得なかった。この上は誰をも頼まず、我ひとり力を蓄え、これからの行き道をひたすら辿るべしと決意した。

人間、土壇場に立った時に、真の心情が発露されるものである。生死の境に立たされると、おのずから自己の踏む地を明確に見つめるものであり、同時に他の己に対する図《はか》らいも判るものである。そのことで、本当の人としての生きる姿が見つめられ、悟りのような境地に達することがある。継之助はその意味で、自分の生きる道筋がいつもクールな一面を持っていたことを知っている。絶えず自分を他人から遠ざけて立ち、他人を見つめ、そして自分自身を見つめる天性の客観人であったのかも知れない。それであるから、場合によっては凄まじい程の秀れた才能によって、彼を取り巻く環境が見事に生き生きと活力を帯びて動き出していく。しかし、ひとたび転げ出すと、雪崩のようにその凄まじいエネルギーに巻きこまれて、周辺のものも崩壊し去っていく。そういう陰陽の両極の要を握っているキャラクターの男である。これを世に傑物と呼んでいる。

継之助は状勢を摑み、長岡の今後の奉公を決意するや、直ぐさま藩邸の引上げ準備を進めた。この時、彼には一つの計算があった。

横浜のブラント、シュネルとの武器取引きであり、藩庫の多量の貯蔵米を引き上げることであった。これは函館へ運んで売却する。今、北海道は物資が欠乏している。特に食糧は喉から手が出るほど欲しい。そのために現地では米価高騰している情報もキャッチしている。シュネルは継之助の要求を快よく受入れてくれ、運搬売却をも引受けてくれた。継之助は又、頭に浮かんでいる一事に相場がある。新潟が銅銭について相場がよいことを耳にしているし、このまま、手ぶらで長岡へ帰るという手はない。一両について六貫五、六百匁の相場で、二万両の銅銭を買入れ、これもシュネルに任せ、船底に積みこんだ。

継之助はタムソンの教会にも寄らねば、と思わず早足になった。今は一刻も猶予はならない。このままでは心残りでしかたがないのである。タムソンに、そして志野に最後の別れがしたい。出来得ればその時、志野のことも再度、頼み掛けなければならない。志野の顔をしっかりと見詰めておきたい、と逸《はや》る心を押さえながら教会の門を叩いた。

タムソンがひとり、祭壇の前に跪《ひざまず》いて祈っていた。微かに鼻をつく香の匂いが勢いこんで入った継之助に落ち着いた気持を与えてくれた。タムソンは祈禱書を開いて、僅かに唇を動かし祈っている。継之助は暫くタムソンの背を見つめながら待っていた。まるく柔らかなタムソンの背は、継之助に穏やかな温かさを教えてくれているようであるが、更にもう一面、信念に燃える信仰者の強靱な楯のような堅固さをも示してくれていた。

タムソンが振り返り、継之助を見つけると、

「おうー」

と驚きの声を放った。

「河井さん、ようく来られました。今、どうしてますか」

多分、タムソンも京や江戸の慌《あわただ》しい状勢を耳にし、心配してはいたであろう。継之助は久し振りに、タムソン流に笑いが戻った。

「これ、この通り元気ですよ。志野さんはどうしていますか」

タムソンは暗い表情に変った。継之助は志野の身に、何か悪いことが起っていると予感した。

「志野さんの病気、重いのです」

それを聞いた継之助は、

「今、どこに、どこに志野さんは……」

と息せききって尋ねた。そして、はっと我にかえって、随分と取り乱した自分を悔んだ。俺がこう取り乱すなんて、無様《ぶざま》ではないか。

河井継之助、お前はこれから長岡藩をかかえて、大局に向うのだ。しっかりしろ、と自分自身に言い聞かせたいようであった。

「ヘボン先生がアメリカ病院へ加療のため入院させました。そのほうが宜しいのです。ゆっくり、設備のよい所で休んで欲しい。あの人はわたしたちの活動になくてはならない人です」

アメリカ病院はイギリス軍営の傍の九十六番地にあり、教会から二キロメートル程、離れた場所にあった。しかし、ここは日本人の立入禁止区域でもあった。

継之助は口惜しかった。志野は継之助自身にも、これからの長岡にも必要な人なのだ、と叫びたかった。

「志野さんから、河井さんに会うことが出来たら、これを渡して欲しい。と言われました」

タムソンは片隅の書卓の引出しから、小さな英語で書かれた聖書を取り出し、継之助に手渡した。継之助がそれを手にとると、志野の甘い香りが継之助の全身に浸みていくように思えた。継之助はこの時、志野は病気が回復したら、必ず長岡へ来てくれると確信した。

「タムソンさん、志野さんに会ったら、長岡で継之助が待っている、と伝えて欲しい」

と言った。その時の声は継之助の本来の人を威圧する大きな口調になっていた。タムソンは思わず驚きの目を見開いて継之助を見つめた。

継之助が教会を辞する時、玄関の傍に大輪のまっ赤なバラがいくつも咲き誇っているのを目にした。それはいかにも気品あり気に頭を持ち上げ、継之助を見上げているようであった。そして、そのあたりに、志野の香りが漂っていた。

十三

江戸を出発する前日、支藩・小諸藩の江戸詰藩士を集め、これからの長岡藩の方針や藩の進み方について話した。

「お別れするが、一言、申し述べたい儀がある。今や世事、さまざまな思惑や進退に異論等、紛糾している折だが、長岡藩は〝大義親を滅する〟の行き道を定めている。諸士、くれぐれもこのことをお忘れなく」と述べ加えた。この言葉の裏には、薩長と干戈を交えるやも知れない、ということを心に秘めた表現でもあった。小諸藩は小諸藩なりに判断し、ただ親藩である長岡藩に盲滅法の追従は考慮するようにという意味も含めたのである。その夜、彼等と別れの宴を開いた。座が賑わい、継之助の前に牧野隼之進が座り、盃に酒を注いだ。その時、継之助は彼に、

「さて、拙者、これより忠臣となりましょうや、それとも英雄人となりましょうや、思案のしどころでござる」

と呟いた。酒がまわっているとは言え、隼之進も継之助の心根をよく弁《わきま》えている男であり、これからも長岡藩の動向には、自分も共に歩みたいと心に決めていた。もし、小諸藩が恭順の道をとった時は、潔《いさぎよ》く長岡へ走ろうと思っている。継之助に、

「それは、どういう意味ですか」

と聞いた。継之助はニヤリと笑って盃をぐいと飲み干し、

「これからの結果がそれを教えてくれるだろう」

と答えた。この時の継之助の心の振幅は自分でも押えきれない程の大きなものであったに違いない。

既に江戸近辺においても、各処で薩長へ加担した小藩らと旧幕軍との間の小競合いが頻繁に生じてきた。西軍は遠巻きながらも江戸を囲むように迫ってくる。

鳥羽伏見で、もろくも敗退した旧幕軍が江戸へ引揚げ、再起を図り、海軍奉行・勝安芳から兵士、砲、軍用金を与えられて上信《じょうしん》方面へ発ったのが、所謂、古谷佐久左衛門、今井伸郎らの衝鋒隊、近藤勇の率いる新選組生き残りの甲陽鎮撫隊、大鳥圭介の伝習隊である。

勝安芳のようにハト派の道を踏む幕臣でも、「慶応四年といえば、ずいぶん物騒な年だが、このとき、幕府の兵隊は、およそ八千人もあって、それが機会さえあれば、どこかへ脱走して事を挙げようとするので、おれもこの説論にはなかなか骨が折れたよ」（氷川清話より）と頭を悩ましていただけに、何をするかも判らぬ危なっかしい輩を、信州の地にうまく追い払ったような感じ

もなくはない。

勝安芳という人物は、やはり深謀遠慮の才である。こういう脱走武闘集団が進む沿道諸藩は又、大変な厄介ものが飛び込んできたようなものである。しかし、その年の四月三日、房州（千葉県）流山にて西軍の手で近藤勇が縛され、その後、江戸板橋宿外の馬捨場で処刑された。京洛の地を震い上がらせた新選組組長の敢え無い最後であった。副長の土方歳三はさらに逃れ、北海道函館で榎本武揚と共に西軍に抗し、五月十一日、流弾に当って戦死を遂げた。これらの兵火の巷の中で、長岡藩江戸詰の藩士たち、小諸藩たちは、いかにして帰国するか、心もとない日々であった。酒宴も当然、それらのことに話題が集中してしまう。酒を飲んでいても沈みがちな時が流れる。しかし、継之助だけは大変、浮かれ顔ではしゃいでいるのが目立ち、座にいる人々に奇異な感さえ与えていた。隼之進は先程からそのことが気がかりで、継之助に思いきって尋ねてみた。

「北越への帰りの道はどうおとりになられますか。どこもかしこも西軍で塞がっておるようですが……」

継之助はそれを聞くと、大笑いして、

「そんなことを心配しておるのか。天を馳ける方法も、地を潜る方法もある」

と平然と答えた。継之助の胸中には、既に横浜からシュネルの汽船に乗ることを画策していたのである。

横浜を出発する前日、ブラントから以前、継之助が喉から手の出る程、欲しがっていたガットリング砲が手元にあるので購入しないか、と商談をもちかけられた。この話に継之助は飛び上がる程の喜びを覚えた。ブラントはその倉庫に三門収めていた。この機種はパリで開催された万国博覧会にも出品されたものである。ブラントのつけた値は一門五千両であった。これを三門購入すると計一万五千両。手持資金に不足を覚えた継之助は、江戸藩邸にある主家の重宝、書画、骨董類をシュネルに依頼して売却し、資金を得た。しかし、どうしても、三門を購入することが出来ず、口惜しみながらその内二門を入手することになった。その際、シュネルが仲介に入り、二門で六千両というサービス値が生じたのには継之助も驚いた。商取引の曖昧さもさることながら、横浜時代の彼等との親交が又、そうさせたのかも知れない。この頃、密かに継之助の出方を探索しつつ、外国貿易商に近づいていた土佐藩が、残された一門を購入したが、これは実戦には使用されなかったらしい。継之助はこの時、同時に小銃数百挺、大砲数門を汽船に搬入した。小銃はミニェー銃で一挺六両であり、大砲も十五寸忽《こつ》砲――青銅製口径十五センチの滑腔砲で野砲として使用される。その他フランス忽砲――六斤のフランスボード、口径九十五ミリ、砲身長十七口径長、青銅製野砲、施条砲――幕末、明治にかけ諸藩で採用された口径八十六ミリ、全長一・三九メートルの前装式カノン砲、射程二千メートル――等、各藩が競って洋式装備を整う時、なかには、イカサマ外国商人の餌食となって、欧米のスクラップ同然の廃品を売りつけられることが多くあったのである。この中でも、長岡藩のような小藩が、最新式兵装で軍備を固めたのは、継之助の明日を見究める眼力の確かさを表わしているものであろう。

これらの兵器と共に、シュネルの船には長岡藩士百五十余名、会津藩士百名、桑名藩士百名等も同乗した。桑名藩士が北越へ向かうのは、越後各地に藩の飛地をもっていたからである。

朝廷の慶喜追討令は慶応四年正月七日に発令され、天皇新征の詔によって東征大総督有栖川宮熾仁親王以下、錦旗を押し立てて、山陰、東海、東山、北陸の諸道に鎮撫使として勅使の派遣を急いだ。その目的は全国諸藩の帰順であった。大総督府参謀は西郷隆盛（薩摩）、広沢真臣（長州）らが就任、実質的な采配を揮うことになった。江戸総攻撃の諸準備は進められていたが、海安芳、山岡鉄舟と西郷隆盛との会談で、江戸開城の事前接渉が行なわれ、無血入城となった。しかし、抗戦派の旧幕軍らが各所で、ゲリラ戦を展開していた。彼等は次第に押されて会津、越後へと流れていった。東軍の最も主力となる敵は会津藩である。

「徳川慶喜の叛謀に与《くみ》し、錦旗に砲発し、大逆無道」と徹底的に打ち叩く方針をとっていた。これに対し、会津藩も挙藩して西軍来たらば、これに備えるとする戦時体制を敷いていた。

藩主、松平容保は継之助の懇意の商人シュネルから大量の武器弾薬を購入し、旧幕府抗戦派と結び、既に軍事訓練を実施、兵備おさおさ怠りなしの陣容を固めていた。こうなると、西軍は益々、意地でも戦わなければならない状況へとエスカレートしていく。

長岡藩に対しても、越後高田に到着した鎮撫使から、越後十一藩に含めた招集の命令が下りてきた。この頃は未だ、継之助は一路、帰藩のさ中であったので、町奉行兼郡奉行を司る植田十兵衛が高田へ出向いた。並居る各藩代表者に対して、参謀・沖田山三郎（熊本藩士）がひと通りの説明と書面によって、要請が行なわれた。

「藩主は出来る限り、五十日以内に上京、朝旨の奉戴を誓うこと。

領内の知行高、戸数を書面にて提出のこと。

同時に領域地図も提出すること」

特に、長岡藩に対しては、兵士の供出を要請している。このことは継之助の兵制改革や軍備に疑惑の目をもって見つめており、その打診でもあろう。植田十兵衛はその時、心底を見ぬかれたように驚天した。沖田山三郎が十兵衛にその鋭い目を注いでいることも知っていた。心の奥底に西軍に抵抗しようとする藩の大勢を知り抜いているだけに、ここで本心を暴かれたら大変だと思い、

「徳川氏が恭順を表わし誠意を示されているのに、兵を供出する必要はございませぬ。もし、他藩でそのような不穏な気配ありますれば、我が藩にて、手だてを尽して飜意させましょう。出来得る限りの手は尽し、万全の対策を講ずるが宜しかろうと存じます」

と率直に意見を述べた。これを聞いた沖田はかっと頭に血がのぼったのであろう。

「総督の命である。従わぬと申すならば、朝廷に刃向かうことになろうが……」

と喚き叫んだ。これは朝廷という看板を掲げて威圧しようとしたのである。しかし、十兵衛は頑としてこれには応じなかった。この総督府の一行は、ここで時を費すことの出来ない慌しさで直

に江戸へ向ったが、長岡藩に対しては、一つの課題を残していたのである。

その後、江戸へ十兵衛を呼び出して、とことん出兵を要求したが、十兵衛の最後まで粘りに粘った意志が功を奏して、遂に要求を変更してきたのである。

「出兵が困難である事情を察し、免ずるが、五日以内に軍資金として三万両の、献金を約束してくれぬか」

との妥協案を示した。十兵衛はこのことも即答しかねると言って、その日のうちに長岡へ帰った。既に帰藩していた継之助に早速、面会、今までの経緯について一部始終を語り、今回の要求は応じる他なかろうと訴えた。しかし、継之助は、はっきりと、

「確答不要」

と言って応じなかった。このことはやがて長岡藩の運命を定める大きな意志決定となってしまったのである。いずれの藩でも、金品や出兵で、一時の難が逃れられればと、最も無難な道を辿るのが普通であった。藩を安泰にという気持と、戦乱の巷にひきずりこまれることへの恐れを誰しもが感じていたのであろう。長い困苦を経て、お家安泰を図ってきた藩内部の事情など、新しい時代の流れの中ではひとたまりもなく握り潰されてしまうのである。そのことを考えると、徳川恩顧の譜代藩ですら、義理や体面をかなぐり棄てて、平穏の道を選ぶのは、この状況下で当然のことであろう。御三家尾張藩ですら、藩内の紛糾激しく、西軍に味方したが、そこに至るまでは幾多の犠牲の血が流されていた。

鳥羽伏見でも、幕命を受けて山崎に布陣していた津藩が、薩長の内交渉や勅使の帰順勧告をうけ、藩主の指示をも仰がず承諾、寝返ってしまった。これが鳥羽伏見戦における決定的な東軍敗退の因となり、近畿諸藩が次々と西軍へ加担することになっていったのである。時の勢いというものは、まるで坂道を転がるように凄まじいエネルギーをもって突き進んでいく。それが一度、転げ出すと、それを阻止しようとするエネルギーを打ち砕き、そのエネルギーを吸収し、ふくらんで大きく大きく成長していく。

長岡藩とても、決して当初から西軍に敵対する意志を露骨に現わしていたのではない。

確かに、藩特有の幕府に対する肩入れは他藩に比べると強い。京都所司代、老中を歴任した牧野忠恭は、隠居の身とはいえ健在である。

藩士たちの薩長に対する抵抗感は激しく渦巻いていることは事実である。しかし、出来る限り、領内を血と硝煙で汚したくはなかった。といって他藩のように、やすやすと恭順はその意地と情誼が許さなかった。川島億次郎や藩儒・小林虎三郎らが誠意をもって徳川氏のために嘆願し、朝敵の汚名をそそぎ、征東軍の撤回を要求する策を講じたこともあった。しかしその機会を摑めぬまま時は空しく流れてしまった。歴史という動きは、決して単なる自然の流れにかかわるものではない。そこには策意もあり、作られた真実もある。朝廷が大政奉還を嘉納していながら、倒幕の密勅は王政復古による新しい体制樹立のために薩摩、長州、土佐、芸州、尾張、越前を動かしていた。この密勅は天皇も摂政、関白も知らなかった。ひそやかな暗躍の中で作られていった偽勅である。それが又、詔勅として真実なものと動かされていく。この立役者は岩倉具視であり、薩長は長年の悵恨としての徳川討伐に心を燃やしたのである。

しかし、長岡藩とても、全藩こぞって嘆願書の決意を心がけているとは限らなかった。

藩出身で幕臣の鵜殿春風から藩当局に、藩の方針の柔軟な対応を願って、一書が届いた。

即ち、鳥羽伏見戦後では徳川氏を日本の大君に戻すことは不可能である。そうなれば、せめて関八州を治下とさせたい。そのことを朝廷に訴え、それが止むを得ざれば、

「諸侯に其罪状を布告して、共に兵を発し、其罪を糺明するにありと存候」

と結んでいる。

このことは既に、時遅しで、時勢はそのように生易しいものではなかった。この鵜殿の書簡に接した門閥の最上席にいた稲垣平助は早速、以前からその気持ちを同じくする者たちを自邸に集めた。

「さて、いかがでござるか。藩全体が河井の急進的な行き方に引きつけられているが、鵜殿殿の意志をもう一度、藩内の論旨にぶつけてみたい」

と提案した。その本旨、永らく平穏な藩の治世を送ってきたが、今となっては戦乱に巻きこまれるのは必至。それを敢えて求むる愚を避けること、そのことだけがひとえにお家安泰であり、領民を守ることである、ということである。稲垣の心の底には、継之助の藩政改革の余波をうけて、かなりの被害をこうむった多くの仲間たちのうっ積があり、継之助の強引なまでの改革が果して、

新しい時代のために適切なものであるのか、疑わしい思いを抱いていた。むしろ新しい力に対する反抗としか感じられない遮二無二のやり方に過ぎないと批判していたのである。その時、安田一杢が、

「なまじ、殿の覚えめでたいことをいい気に、藩そのものを改めたのはよいとしても、旧来の家老派に対する取扱いは無礼としか言いようがない。たかだか、百二十石の微禄が何ほどのことやある」

と愚痴めいた口調で呟いた。その傍にいた息子の鉚蔵も、同じような気持で頷いていた。

「このことに対しては、朝廷に対する申し開きを我々で致さねば、根こそぎ粉砕されるにきまっている。このような結束は密かに続け、一旦緩急ある際はその本意を開陳する要はある」

と随分、身勝手な論旨で、どっちつかずの曖昧な姿勢を見せたのが、彼等をリードしている酒造業を営む大橋佐平であった。このような門閥派の軟論と異って、今一つの流れとして学校の教員の一派があった。藩校で教鞭をとっている彼等は、兵制改革によって、書物を武器に替え、教練の毎日を送ってきた。

やがてそれが戦乱へと続いていく我が身を振り返ると、何が故に学問に打ちこんできたのか疑念を抱くようになると、当然騒ぎ出してくる。やはり、平静の中で文机に寄りかかる安逸さも又、彼等の寄す処《よすが》でもあるのかも知れない。そこには、弾雨も血も泥も知らない。あるのは深い洞察への旅ばかりである。

これら恭順派にもそれぞれの生き方があり徹頭徹尾、逃げ廻った連中と、一度び戦端が開かれると勇躍、戦場へ赴いて壮烈な死を遂げた者たちもいる。

藩内がさまざまな憶測の中で、時には継之助を斬るという噂が流れた。小山良運は継之助に、

「夜の外出は慎むように、継さの生命は長岡、いや日本国のものだ」

と激しく諫めていた。良運の言うことに対しては、継之助も直に聞くが、それも三日ともたない。

良運のもとに、或る非戦論を主張する一派の藩士が、抜け駆けのようにして、「斬奸状」をもってきた。

「臣子の道は忠孝のみ。忠孝ならざれば、則ち以てと為す無し。今、姦臣、国柄を、窃み其従を挙げて、其従に非ざるを靡かず。

主君を壅蔽《ようへい》し、天朝を蔑如《べつじょ》し、列藩を侮り、数百年瑕《きず》無きの牧野氏を、天地容ざれるの朝敵に陥《おとしい》れ、其の私欲を逞《たくまし》うせんと欲す。社稷、これが為に亡滅するに幾《ちか》く、宗廟、之が為に血食するに幾《ちか》し。是を忍ぶ可くんば、孰れを忍ぶ可からざらん。実に忠臣、孝子の悲憤痛哭、流涕感慨、切歯扼腕する所なり。是に於て、吾が徒、力を量らず、将に祖宗在天の霊を頼み、以て姦臣を斬り、天朝に謝し、牧野氏の為に、将に絶えんとするの宗社を万代に嗣ぐ。凡そ斯の盟に与《くみ》する者、筍も違反あらば、則ち天地、山川、鬼神、牧野氏祖宗在天の霊、及び吾が徒の祖宗、相共に罰して之を殛《きょく》し、世々子孫、長陵（長岡）に種を育せしむる莫《なか》れ。

諸君、警戒、謹懼《きんく》し、敢て斯の盟を易《か》ゆる有ること莫《なか》れ。
姓名を左方に謹書す。　慶応四戊辰年」

これは連判状になっている。しかし、連判者の名の部分が切り落とされている。良運はこの文章は明らかに学校派のものであることを知った。とすると、多分、酒井貞蔵であろうかと思うし、その手のものには藩内でも、かなりの剣の使い手はいる。良運はこの連判状を継之助には知らさず、自分の懐深く収いこんでしまった。ただし、その夜から密かに、良運の知人で同じく学校派の本富寛之丞を説得し、暗殺だけは思いとどまらせた。同時に継之助の身辺を警戒するようにも依頼した。

本富は激情しやすいタイプではあるが、又、納得さえすれば誠心誠意、意に従う性格でもある。良運を大層、尊敬し、理屈は別として継之助の身を守ることは約束されたのである。

この本富は後の長岡戦にて、その働きめざましく、味方の士気を鼓舞したといわれている。

継之助の行く先々には、いつもこうして二種類の影が即《つ》かず離れず見え隠れしていた。

このことは継之助自身もよく知っていた。今は斬られたくない、自分にはやるべきことがある。その大任を果さぬうちは決して、人の手にはかかりたくはない願望と又、半面、やられる時は仕方あるまいとの諦めの気持も強かった。かえって、自身がおろおろ惑うことは、それだけ相手の思う壺にはまってしまう。ここのところは大胆に振舞うことで、相手の意表を突く継之助流のやり方を打ち出した。

故意に河井家の紋提燈を手に、大きな声で詩吟を朗しながら闊歩していると、討とうと後をつけるものも、どうも気おくれがして機会をなくしてしまう。いつの間にか、藩内には継之助暗殺の噂が消えてしまった。

今の段階の長岡藩では、どうしても継之助のような激しい個性をもったリーダーでなければ、事の収拾はつかないことはだれでもが理解しているのである。それだけに又、恭順派は継之助を警戒し、軍備を固め征東軍に歯向う好戦家であると指弾し、佐幕派からは何を躊躇い、模索しているのかと非難をうけており、中立的な立場に身を置かれてしまっている形になった。

しかし、継之助の胸の内には、彼らが考えている以上に、もっと雄大なロマンが秘められているのであり、その計画を実行するチャンスをじっと窺っていたのである。

世の中が徳川氏のために力を奮って、その挽回に動くか、はたまた、新しい擡動の力に依り頼むかの二者択一の中で、自らの生きる道をどう選ぶかに右往左往している時、継之助だけは全くそれらとは異った、もう一つの道を突き進む決意を固めていた。それは長岡藩をどちらにも偏ることのない、新しく独立した国づくりであった。一つの地方領国が自治体として立っていくためには、他方から侵犯されないだけの戦力を蓄えておかなければならない。そして、それを動かすための自治政権が必要である。幕府政権のように、旧来の将軍を頂点としての幕閣政治は、挙句の果は、官僚国家を作りあげてしまった。そこでは庶民のことは無視し、勝手な政治権力だけを行使して独断的な国家方針を定めてしまう。

そのことが結局、庶民から全く浮上がってしまった徳川幕府の崩壊に繋がっている。薩長にしても、新しい時代の新しい力の結束のため、さまざまな政体を考えているのである。

それは継之助も横浜滞在中に、直接耳に入れた薩長の動向でもあった。そこでは、所詮、旧幕府が新薩長政治に変わるだけのことでしかない。そのような形勢を既に、洞察できるような下地はほの見えてきているのである。

継之助が勇躍、独立独行、武装的中立を主唱し、その方向に邁進していったのは当時としては当然であろう。それらを見通すことの出来る烔眼の持ち主はそう、ざらにいるものではない。新政府が目の敵としているのは会津・桑名両藩であった。これは徹底的な破砕を目論んでいた。慶応四年正月十日に発表した所謂、「朝敵」処分では第一等から第五等までの区分をしている。第一等は徳川慶喜、第二等は会津藩・松平容保、桑名藩・松平定敬と規定している。これらは鳥羽伏見戦で薩長に敵対した主力である。第三等は実戦への参加不参加を問わず、新政府に敵対の意思を表わし、なんらかの不利益となる行為を与えたものとし、予州松山・松平定昭、姫路・酒井忠惇、備中松山・板倉勝静がこれに当る。第四等は藩主滞坂中、不心得に敵対したが、後、何らかの処置等によって謝罪ありしものとし、宮津・本荘家武、第五等は藩主帰国中不心得ありしも、藩主自身上京、率先して政府軍に加担を願ったものとし、大垣・戸田氏共、高松・松平頼聡らがその対象となった。

十四

西軍は白河口及び北越から会津へ向けて進発している。北越路を辿っているのは、薩長二藩を主力に松代、加賀、上田、富山、大垣、松本、長府、高島、飯田、高遠、岩村田、田野口、尾張、飯山、須坂、丸岡、高田らの各藩が総動員されている。北陸道鎮撫総督兼会津征討総督として高倉永祐《ながさち》が任ぜられ、参謀には黒田清隆（薩摩・後の首相）、山県有朋（長州・後の元帥、首相）が総勢六千の兵を率いて高田に進出してきた。

北越十一藩もそれぞれの思惑がからみ、既に新政府軍に従っている高田、新発田、糸魚川の諸藩。危い橋を渡りたくない、去就はその時の流れにと、右顧左べんが村松、与板、三根山、三日市、黒川、柑谷の諸藩。全く旧幕府への恩顧をこのときに報いねばと気張ったのは村上藩だけであった。長岡藩はあくまでも領内を固めて、中立を標榜《ひょうぼう》していた。しかしながら、諸藩は江戸城開場後に、歩兵奉行・大鳥圭介や撤兵頭・福田八郎右衛門らが率いる数千の脱走兵が関東各地でゲリラ活動を行ない、西軍の追撃を受けて、北越地方へ流れこんできた。これは北越諸藩の間に、旧幕府の直領が各処に点在しているので、それを頼ってきたのであろう。それと同時に、最後の西軍抵抗の砦としての会津藩への支援活動でもあった。だが、彼等は各所を転戦している間に、規律も乱れ、かなりの暴状を恣《ほしいまま》にしていた。特に、古屋作左衛門の率いる衝鋒隊と呼ばれる一軍は世人から、かなりの不評を被《こうむ》っていた。彼等の暴状は新潟に駐屯し、諸小藩を威《おど》しては、武器、金品をまきあげる一種の無頼の徒に近い暴力集団になり下がっていた。

長岡藩はこのような事態の中で、いよいよ危急存亡の時がきた。藩内守備のための出兵命令が発せられた。軍事総督は継之助に任ぜられた。継之助はあくまでも武装中立の戦を前提として、他藩へは足を踏み出さず、又、藩内には一兵たりとも西軍はもとより、旧幕軍等も入れずとの布告を出した。藩主から出陣の盃をもらった継之助は、諸藩士にそのことを詳細に告げ、更に檄《げき》をとばした。

本陣は長岡城の南、摂田屋の光福寺。砲四門を持った山本帯刀の指揮する一大隊を。その南西、前島に同じく砲四門の牧野図書の一大隊、これは信濃川の対岸を警戒するための布陣であった。継之助はこの時点では、西軍と干戈を交える気負いも、心の哮りもなかった。むしろ、軍備の固めをデモンストレーションすることにより、薩長に対する所謂、示威運動の前哨線でもあった。

継之助が小山良運から聞いた西軍の内部事情を分析してみると、継之助自身の思惑はかなり適確に当ってはいると思われた。

当時、西軍側も人材不足で、人事の変更が目まぐるしい程であることは、情報として流れてきていた。参謀の黒田清隆が大山綱貞に変った。これは会津征討方針に穏健な意見を持っている黒田側に対して、強硬派が首のすげ替えをしたということである。良運は新政府側の穏健派の力が次第に陰を潜めていくことに対し、継之助に忠告を与えた。継之助の武装中立はこの穏健派に対するデモンストレーションであって、万が一、強硬派が勢力を伸ばしていくならば、長岡藩と強硬派は忽ち激突、戦乱の巷と化するのは歴然としている。

新政府側の内部情況をいち早くキャッチして、長岡藩の方針に弾力性をもたすようにしたほうがよいのでは……という意見を述べた。継之助は黙って良運の話を聞いていたが、この家を去る時、一言、

「なあ、良運さん、どう転んでも結果は一つしか出ない。その一つに賭ける他はないと思う」

と言った。継之助の顔には、この時ほど、固い決意の色が浮かんだことはなかった。

会津藩家老・佐川官兵衛が訪れた報を聞いた継之助は、いよいよ戦争の気配が濃くなったことを知った。会津藩にしても、桑名藩と同様、徳川幕閣の重鎮であったというプライドはある。いかに時の流れとはいえ、続々と諸藩が新政府側へ恭順を願い出ることへの焦慮もあるが、その体面がどうしてもそれを許そうとはしなかった。己のぎりぎりの線での面目を押し出して妥協する心情が、他藩とは異なるのである。そのために、少しでも己の側に有利と見た諸藩を力ずくでも引き入れ、新政府側に対抗しようと画策する。

官兵衛は継之助の将としての器量も才能も認知し、長岡藩そのものの体制づくりも熟知している。自分たちにとって最強の味方として引き入れたいという気持ちを高ぶらされていた。

長岡城下では人々が、しきりと戦争が始まると口々に叫びながら、急いで走り駈けているのが目についた。それは一つには、会津藩が大軍を率いて領内へ侵入するという噂が広まっているからである。摂田屋へ着いた官兵衛は立会った継之助に、奥羽列藩同盟への参加を求めるために話を切り出そうとした時、継之助は得意の先制攻撃よろしく、先に官兵衛に詰問した。

「先程来から、しきりと城下に、貴公らが大群を率いて領内に入ったという噂がとんでいるが、領民こそとんだ迷惑。そのような虚言を発して威嚇しなければ交渉もできないような会津藩でござったかな」

この言葉には官兵衛も、腹のうちを見破られ戸惑ったが、さすが官兵衛である。

「これは平にご容謝あれ。拙者共が悪うございました」

と素直に謝ってしまった。継之助はすかさず、

「慶喜公は今や謹慎、朝令を待っておられる。譜代のわが藩としては軽々しく妄動すべきではなく、一層、事態をよく見つめて独立独行、領民を治めていく所存でござる。それ以上の考えは毛頭ござらぬ故、どうか、事態を黙視していただきたい。若し万が一、わが藩に不正に侵犯などある場合、いずれを問わず一戦相交える所存でござる」

とはっきり言い渡してしまった。

官兵衛は継之助のこの態度に、じりじりと尻に火がつくような苛立ちを覚えるが、これ以上の説得は無駄なことであると察して引き上げてしまった。この佐川官兵衛は鳥羽伏見戦にて会津の

精鋭・別選組を率いて新撰組と共闘、北越線では会津の鬼官兵衛として恐れられた。戦後、新政府に登用、一等大警部として明治十年（一八七七）の西南の役に旧会津藩士三百名を従え、抜刀隊として出陣、壮烈な戦死を遂げている。

さて、その後も幾度となく会津・桑名の諸将が継之助に面談を求め、接渉に来たが、その度に継之助はあくまでも長岡藩の中立論を曲げなかったのである。既に西軍は小千谷に迫っていた。この頃はかすかに砲声が長岡へも達していた。東軍は新しい装備と調練された西軍に苦戦を強いられていた。今はどのようにしても、長岡藩の加勢が欲しい会津・桑名両藩は、あの手この手のやり方で長岡に圧力をかけてきた。しかし、継之助は梃子《てこ》でも動じなかった。ただ一言、

「長岡が欲しければ、干戈を交える他ないであろう。お手前方の力でしたら簡単なことでござろう」

と言っては退かなかった。

桜の季節であった。世塵の慌しさをよそ目に、この年の信濃川の堤に並ぶ桜の樹々は満開の花をつけていた。いつものように花見の宴があちらこちらに設けられ、さんざめく人々の声も楽しげに聞こえていた。継之助も領民に交じって手拍子に浮かれ、踊ったり騒いだりの好きな時期でもある。城からの帰り道、継之助は桜吹雪の下を歩いた。彼の胸中に、この桜が来年、どのように咲くか、再び人々の楽しげな声がこの川堤に響くか、或いは砲火にすべてが消え去ってしまう

のか、複雑な思いをこめて一歩一歩の足を踏みしめた。

今頃、横浜の志野はどのようにしているであろうか。どうか早く病いを癒やし、健かに美しい笑顔を見せて欲しい、と心の奥底に大切にしまっていた思い出をそうっと覗いてみるのであった。

邸に戻ってみると、与板藩の高木延次郎という男が継之助の帰りを待っていた。彼はその表情に深刻な色を浮べ、苦渋に満ち満ちていた。

かねがね、関東から流れ込んできた古屋作左衛門の率いる衝鋒隊が幕僚地である新潟に駐屯し、その周辺の藩に乱暴狼藉を働いていることは先にも述べたが、彼等は与板藩にも手を延ばし、その暴状への対策方を依頼した城代家老・松下源六郎の親書が延次郎から継之助に差し出された。松下は継之助の縁戚に当る人物である。

継之助は一度、衝鋒隊の行動の仔細《しさい》をその目で確かめておきたかったので、翌日、延次郎と共に馬を馳せて新潟へ向かった。元々、この地は長岡藩領ではあったが、裏日本の要港として代替地と交換によって幕府の直轄地となった関係上、継之助は領民の困惑は他人事とは思えなかったのである。

市中はまるで死んだように寂れ果てていた。

家々はみな戸を閉ざし、外へ出るものもなかった。時折、人の姿を見るが、それは例の衝鋒隊の武士たちであった。彼等は刀を抜いて振り廻しながら、物色し、騒ぎ立てる無頼の徒にすぎなかった。馬上の継之助を見ると、さすがに戸惑いの気色を見せたが、威厳を張ろうと、無理な居

丈高の気勢をあげ、詰りはじめた。継之助は彼等に、いきなり、
「無礼者、立ち去れ」
と怒鳴った。継之助の得意な大喝で彼等は驚いて、こそこそと引き下がってしまった。延次郎は
その光景を目撃して驚天してしまった。
あんなに恐れられているならず者の衝鋒隊が、継之助の一喝ですごすご引き下がるとは、此
の人は何と気丈夫なのだろうかと舌を巻いたのである。二人はその夜、市中の旅宿、櫛屋に泊ま
り、ここで町年寄《としより》らを寄せ集め、
「長岡藩老・河井継之助がきた。安心して生治するように」
と布れを出させた。とって返すように長岡へ帰った継之助は、早速、衝鋒隊総督・古屋作左衛門
を呼び寄せることにした。古屋にしてみれば、いよいよ長岡藩も自分たちの助けを求めはじめた
のかと、安易な気持ちでやってきた。勿論、副総督役の旧見廻組隊士・今井信郎が同行してきた。
長岡城下の陣屋の一間で継之助と藩随一の使い手である二見虎三郎、古屋、今井が対座した。
二見を傍に置いたのは、今井の出方次第では二見は勿論、別室にいる手練れの者たちの飛び出す
体制をとったのである。古屋の強悍さ、今井の屈強さは定評があった。継之助も有馬で出会った
今井が、凄まじい程の剣の使い手であることを忘れてはいない。当時から比べると、随分と居丈
高な様相を感じさせた。
継之助は町中を、乱暴狼藉をして世人の心を脅かす行動の実態を一つ一つ、例を挙げて説明し、

長岡藩としての取るべき態度を強い語気で主張した。このとき、傍で聞いていた今井が、刀を引き寄せ、継之助に喰ってかかった。

「貴公は過去、有馬での覚えがありましょう。人はそれぞれ、助け合わねば目的が達せられませぬ。新潟は我が隊の駐屯地、一歩も退きはしません」

と、有馬での出来事を恩ぎせがましく突き出してきた。継之助は、

「有馬は有馬、あれは一人の人間としての問題、今は徳川恩顧の者として、これからどう策をとるかの大きな問題。決してすりかえてはならぬ」

と言うと、今井はかっとなったのか、いきなり右足を、立て膝にとった。彼は居合いを得意とする。直心影流榊原鍵吉の門下で、講武所師範となっている。彼の片手打ちは有名で、ある日、水戸藩士との試合の際、これで面の上から相手の頭骨を割って死亡させ、以後、師から禁じ手とされたという伝えがある。

世に謎と言われる坂本龍馬暗殺の下手人は、どうもこの今井の仕業の臭いが強い。新撰組の原田左之助という説もあるが、このほうはデッチ上げ説が濃厚。又、同じく新撰組の渡辺篤が老齢で死ぬ間際に、自分が斬ったと遺言めいた告白をしたというが、これも作り話めいて不明確。

京都河原町三条下ル、醤油業近江屋二階に、龍馬は潜伏中であった。見廻組佐々木只三郎以下七人が襲撃担当となり、今井が直接、龍馬の顔を横に薙ぎ払った。そして更に一緒に居た中岡慎太郎をも斬った。龍馬の前額部は強烈な一撃で脳漿《のうしょう》がとび出していたと言われる。後から駆け

上った佐々木らは、あまりの速攻で出る幕がなかったらしい。

継之助は今井に斬られると観念した。継之助の傍の二見も咄嗟《とっさ》に刀を引き寄せ、今にも抜き合わせる体制になった。

一瞬、殺気がみなぎり、次の間の藩士たちが動く気配を感じた。その時、直ぐに古屋が今井の腕を制した。そして、

「これは拙者らの不徳の致す所でござった。直ちに新潟を立退くことにいたしましょう」

と素直に詫びた。この古屋の言葉で継之助自身もほっと安堵の胸を撫でおろした。この席で、今井は継之助の言葉の中に、妙に気になる思いがした。

「剣にて立つものは、剣にて滅ぶ」

武士である限り、剣で立つことは当然至極である。それが滅びであるとは思えない。滅びを防ぐものは剣、立つものも剣。ひとしく剣の修行を為したものは、当然の帰結と考えてよい。しかし、一藩の家老であり、越後では名だたる河井継之助の口から出た言葉とは思えない。今井にはしかし、そのことが終生、忘れ得ぬ言葉であるばかりか、その後、彼は横浜でキリスト教の洗礼を受けたが、多分、宣教師からも、「剣にて立つものは、剣にて滅ぶ」と説かれた時、あの席上での継之助の核心に触れた思いが蘇り、受洗への契機となったのではなかろうか。

古屋作左衛門は元、久留米の出身、後、旗本の養子となった。大坂で医学、江戸で漢・蘭・英学と剣の道を修行している。短期間ではあるが、タムソンのもとへも出入りしたことがあった。

恐らく志野とも面識があったかも知れない。しかし、継之助とは初対面であり、横浜時代のことは二人とも知らなかった。

　当時、英語を学ぶものは珍しく、古屋は幕末における第一人者とも言えよう。英国の歩兵操典の飜訳や英語学校を開設したりしている。今井との接触は、今井が神奈川奉行所配下となった頃、古屋は同じく奉行下運役所の定訳であったので、知り合う関係にあった。

　これが二人の戊辰の役へ至る固い絆となっていた。この点、剣豪今井とは異なり、学識も人格も秀でている古屋は、状勢を判断し、引くところはいさぎよく引く、それが又、後のために有利となって展開する洞察力もあった。

　古屋の言う通り、その二日後に新潟から、衝鋒隊の姿がかき消すように居なくなった。

　継之助はその事実を確めてから、長岡へ向けて発ったが、帰途、与板藩の城下へ入ると、住民たちが青い顔をして、右往左往している光景に出会った。何事が生じたのかと馬を下りて、荷車を引きながら慌しく立ち去ろうとする町人態の男の声にかけた。

「一体、何事が起ったのか」

　男は継之助を見ると、恐れたような表情で、

「恐ろしいことが起る」

と口走りながら勢いよく去っていった。その後から、老婆が首から背に風呂敷包みを負って、これまた、よたよたと小走りの様子を目撃した継之助は、同行している延次郎に目くばせをした。

延次郎は老婆の傍に寄り、丁寧な口調で聞いた。

「おばあちゃん、どうした、何を騒いでいるのだ」

老婆は黒く浸みこんだようなしわくちゃな顔をあげて、悲しそうな声で言った。

「いくさが来たいんし」

延次郎は継之助を振り返った。継之助が近づいて、

「おばあちゃん、元気を出すのだ。何が起ったのか、いやなことでもあったのか」

と大声で言うと、老婆は再び、悲しそうな暗い表情で、

「いくさが、いくさがまた来る、と言ったげな」

と言って、そそくさと立ち去った。継之助は何やら町民たちが叫んでいる原村の堤の方向へ足を向けた。堤の上には多くの町民が群がって下をのぞきこんでいた。一様に不安げで、恐しいものを見ているような格好でもあった。継之助と延次郎が馬を乗り入れると、町民たちは群を分けた。堤の下には、五箇の生首が晒《さら》されていた。離れた場所には、その首と離れた胴体が棄てられたように転がっていた。首や胴体から推察すると、藩士のものではなかった。いずれかの浪人態のものに違いなかった。このとき、継之助はこれは古屋らの仕業に相違ないと判断し、或る不安が過ぎった。そこで直ぐにその足で与板藩に出向き、仔細を尋ねたところ、案の定、古屋が与板藩を威し、一万両の軍資金を要求し、いや応もなく七千両を強奪していったのである。そして、衝鋒隊の行動を隠蔽し、日頃、よからぬ行動をとっている隊員を斬首したらしいのである。継之助は

この古屋らのやり方には心底から怒りを覚えた。旧幕府の家臣たちが、時勢の流れの中とはいえ、このような非武士的な暴威に走るのは、決して許せる所業ではない、継之助は憤懣《ふんまん》やるかたなく身が震えるのであった。与板藩は二万石、彦根藩の支藩で、早くから彦根藩と共に、藩主・井伊直安は勤王の態度を表明していたのである。

それを古屋らが徳川恩顧の家柄でありながら、倒幕側に与《くみ》するとは何事かと、強請《ゆす》っては金品を巻きあげたのであるが、結局は町家から掠奪のような形でもあったらしい。

継之助の怒りに高鳴る胸のうちは、黙ってそのまま、打ち伏せておくことができなかった。再び馬を会津領の水原《すいばら》へと、とって返した。

そこには会津藩の諸将が陣を布いている。

継之助は彼等に衝鋒隊の暴状を逐一、報告し、古屋の勝手な振舞いは到底、許すことはできない。もし、古屋を必要とするならば、会津藩がその面倒を見たらどうかと、強い要求を出した。この継之助の主張には、会津の諸将も何ら反対することもできなかった。これはこれからの長岡藩の出方を考慮して、多少、遠慮も働いたのかも知れない。今の北越方面の状勢は、長岡藩を何とか味方に引き入れたいことが一縷の望みであった。

その頃、奥羽は列藩同盟が結成され、新政府に対して、奥州を中心とする新政体を策謀していたのである。則ち、輪王寺宮を盟主として、仙台・米沢・盛岡・秋田・弘前・二本松・守山・新庄ら二十五の東北諸藩が奥羽政権を具体化する準備をすすめていた。この同盟は対外列強同盟にもアピール文を発表し、軍備に対する武器供給等を依頼した。　継之助の懇意のシュネルはここにも顔を出している。

シュネルは徹底した商人でもあった。それが人の死を招く武器であろうと、利得のためにはどこまでも手を差し出した。シュネルがこの時、米沢藩に売却した武器、弾薬は十一万六千六百六十ドルにもなったと言われている。これらが同盟諸藩に分配され、貴重な兵器となったのである。

しかし、この列藩同盟も各藩の思惑や時代の趨勢に耐えきれず離脱したり、又、新政府側に寝返ったり、さまざまな混乱をひき起して崩壊の一途を辿るのである。その大きな原因は、それぞれの新政府に対する抵抗の本来的意味が稀薄であったこと。寄り合い世帯で近代兵装で訓練された西軍に立ち向うだけの軍備も調練も劣っていたことであった。

継之助はこの数ヶ月間の各所の事態の中を駆けめぐって、時勢の流す力の恐ろしさを痛感した。薩長を主力とする新しい流れは、抗すべくもない程の力を持ち、意志をもっていることを知る。怒濤のように溢れる気があたかも分厚く、如何なる力にもびくともしない壁のような堅固さを感ずるのである。継之助は薩長と戦さをするものなら、所詮、敗北することをも知っていた。一時的には互角、或いはそれ以上に戦えるであろうが、時の勢いは決して、こちら側には利することはあるまいと思っている。それはこの数年間の徳川政権の瓦解と敗戦を通して、そこにうごめく人間像を見透すことで継之助には判りすぎる位、判っていた。だからこそ、戦さは避けるべきだと思っていた。長岡のために、これからの新しい国づくりのためにも、そしてそこで力を尽してもらう志野のためにも……。

継之助は絶対、戦うべきではないと心に決めていた。

タムソンは継之助に、忍耐を説いた。「耐え忍ぶものは救われる」、それは天国に通ずると教えてくれた。継之助にはその天国は、長岡の理想郷を意味していた。志野は継之助のために、長岡が平和を愛し、この日本国をリードする政治や文化、産業を興す地になるよう祈ってくれている。師・山田方谷の忠言は、王陽明を学んだことは、事功の末に捉われず、本質をよくわきまえて運用を誤らないようにと、長大な一文を継之助に与えてくれた。継之助を愛する人々は、継之助がその激しい気性の持主であることもよく知っている。

継之助が他人を思いやる心の広い人物であり、きっと将来、有望な国のリーダーシップをとるようになるであろうことも信じている。

だからこそ、自分を押さえて、この国の未来のために生かして欲しいと願うのである。それは河井継之助を知っているもののすべての本願であった。

タムソンやヘボンの聖書和訳の作業は順調に進んでいた。当初、漢訳聖書として出発した聖書は、既に安政年間に新訳各書は完成していたのである。その後、旧約聖書にまで着手され、和訳の基礎を築いた。これには、一八一〇年のモリソンやギュッラフ、メドハーストらの力が働いている。タムソンやヘボン、ブラウンらはあらゆる階層の日本人にも読めるような文体で、しかも格調高い霊的な言葉によって、聖書の真理を伝えることが狙いであり、苦労はしたが、それぞれの私訳作業が進められ、タムソンも既に、新約聖書を完訳、旧約聖書の申命記に手をつけていた。このことは各国の派遣宣教師の後援が強く、新しい時代の幕開けとなる日本へのキリスト教伝道の準備として力が注がれていた。

タムソンらは志野が病臥に入ってから、翻訳作業の速度が遅れているのに気がついた。

志野の直感的な修辞の技倆は、宣教師たちも羨望の目をもって見つめていた。彼女は誰でもが、特に幼少のものが関心を持つような平易な俗語文に目を向け、直接、子どもの学校を開設しては、聖書を一緒に読むことでその理解の程度を摑むといった手法を用いた。

これが後の日曜学校へと発展していった。

しかし、志野は継之助が長岡の守備に挺身している時期、それは又、江戸では彰義隊が上野に決起し、今にも西軍と一触即発の状態である報を、志野は衰えつつある身を病床に横たえて耳にしていた時でもある。

継之助が長岡へ帰る時に、別れの挨拶に立ち寄ったその頃と異なり、自然が芽吹き、陽光も強くなる五月であった。志野は多量の血を吐いた。白いベッドのシーツが鮮かに赤く染まった時、志野は自分の生命の尽きる運命《さだめ》を知った。その夜、熱にうなされたように、穏やかな森や山のあちこちを跳び廻る幻覚をみた。時折、白い粉のようなものが降り注ぐ。

それは継之助が志野に語っていた雪である。

いつの間にか、森も山も原も、まっ白な白布に覆われていく。立木の枝々がピカピカと輝いて、まるで真珠の玉が無数に垂れているような美しい花を咲かせている。

志野は、「雪の花ね！」

と声をかけた。

その時、継之助の微笑みを浮かべた顔が、その雪の花の間から、覗いたとみるうちに、次第に遠ざかっていった。志野は思わず、

「継之助さま」

と叫ぼうとしたが声にはならなかった。

あたりが暗くなり、それはただ暗黒の闇の中に志野は落ちていった。明治元年（一八六八）五月二日。

病院の窓に、明けようとする薄光がかすかに射しはじめる時刻であった。年、二十五歳、ひたすら信仰の道を歩んだ清らかな姿で冥府へ去っていった。

佳境の北越戦争

十五

小千谷に本営を設けた西軍に対して、継之助は所信を披瀝する時期が到来したと感じ、五月一日、花輪彦左衛門を遣わし、継之助自身が出向くことを申し入れた。この時、西軍はこの申し入れに対して、すこぶる丁重に扱い、継之助の来訪を喜んで受け入れる旨を述べたので、花輪も安堵して継之助に伝えた。

これを聞いた継之助は今こそ、新政府側に自分の意志を伝え、長岡に利のある策を進めるチャンスと意気込んだのである。しかし、薩長は継之助自身の考えとは又、異った行き方の道を驀進《ばくしん》していた。長岡藩がその罪五区分の中に入っていなかったのは、決して長岡の罪軽しと見たのではなかった。当時の新政府側の混乱もあり、目が行き届かなかった点もあろう。薩長にしてみれば、長岡藩は継之助が中立論を楯にとって孤立はしているが、あくまでも会津・桑名・庄内・長岡の譜代雄藩ラインとして見つめていた。特に長岡には河井継之助という逸材の存在が、心あるものには油断ならぬことでもあった。花輪が使者として出向いた時は、恐らく継之助の人となりを熟知していた西軍の将が花輪を遇したのであろう。

五月二日、継之助は二見虎三郎と従僕松蔵と平助を従え、駕籠に乗って小千谷に向かった。小千谷の手前、浦村、高梨を経て三仏生《さぶしょう》村へ入った時、突然、ばらばらと西軍の兵士らが継之助の一行の前に立ち塞がり、誰何《すいか》した。継之助は駕籠から降りると、

「長岡藩家老・河井継之助、ご本営へまかり越した」

と重々しい声で言った。兵士らの中から隊長らしい男が継之助の前に立つと、丁寧に頭をさげ、

「ご同道いたしましょう」

と言って、本営まで継之助一行を案内した。

継之助は駕籠から兵士らの動向を観察すると、いずれも薩長兵らしく、旧幕軍の無統制さと比べ、規律が行き届いており、まことにきびきびとした行動であることに感心した。

本営は信濃川筋にある会津藩の陣屋を占拠し、そこを西軍本営と定めていた。塀をめぐらした陣屋内には、藁葺きの大きな建物と、その右側に藩士の控えの建物が数棟並んでいた。

門から陣屋までは庭が広がっていた。そこは武装した諸藩兵たちが群がっていた。門からは継之助と二見とが入っていった。案内に出たのは、薩摩の淵辺直右衛門（後に北条県参事、西南役に薩軍として戦死）であった。

ところが折悪しく、休息する間もなく、慌だしく一兵士が、「ご注進」と叫びながら本営に駈けこんできた。立会いに出た一隊の隊長に、

「只今、会津勢約二千、旭の川に船橋を設け、片貝へ向って進撃中」

と息せききって報告したのである。片貝は小千谷とは目と鼻の先、まっすぐ小千谷へ道が繋がっている。この報で本営は大混乱となった。この状態では本営内部での会談は不可能であると判断し、薩長側は日時を延長する旨を伝えてきた。

継之助もこのような混乱の中では、充分に真意は通じないと見て本営を出、近くの旅篭屋野沢七郎右衛門へと入った。二階から眺める信濃川はまさに悠々と流れ、そこには少しも人の立ち入る術を拒絶する自然を思わしめた。これから始まろうとする新政府側との会談によって、長岡の運命が決まるのかも知れないと思うと、継之助の心のうちは次第に高鳴りを覚えていくのである。

ふと、かすかに継之助の耳に聞こえる声を感じた。それは優しく愛《いと》おしげで、静かな囁きにも似ていた。どこかで聞き覚えのある声であった。それは確かに志野の声であった。

継之助は思わず身を乗り出して戸外を見た。

志野が来た、と思ったからである。その時、随伴の二見が、

「河井様、どうなされました」

と声をかけた。継之助は、

「何やら、女の声がした」

と訝しげに言うと、

「ああ、それはあの樹の梢におる鳥の声ですよ」

と笑って指さした。道の端に立つ大きな木の枝の間に、一羽の野鳥がとまっていた。それが時に囁くような声を挙げていた。二見はそのような継之助の心の疲れを察したのか、

「お休みになられたらいかがですか」

と声をかけた。

「いや、大丈夫。そのうち、又、呼び出しがあろう」

と、膳の上にある酒に手を出した。

「二見。お主《ぬし》、会津の出方が気にならぬか。俺たちの邪魔に入ったようだな」

とぽつりと話した。

「はい、わたしもそう思います。会談のぶちこわしを狙ったのでしょう」

「余程、長岡の出方が気にかかると見える。長岡を引きつけることで、会津の防衛戦が強固になるからな」

継之助の胸中は、戦さを避けることを先決としていた。長岡藩は西軍を小千谷にて足止めをし、そのことを条件として会津・桑名藩を説得し、恭順にもっていこうとする策である。あくまでも長岡藩は中立、両者の調停役となること。そのために、強力な軍備も必要欠くべからざること。両者どちら共、長岡藩を敵に廻したら、こっぴどく叩かれることは百も承知していた。

旅篭屋の前の街道を薩長兵らが大砲を引いて片貝方面へ走っていった。きな臭い匂いと怒号が殺伐とこの小さな田園の地を渦巻いた。

会談の場所は陣屋の西、慈眼寺へと移された。本営と異なり、ここは静かな佇《たたず》まいの真言宗智山派の寺であった。本堂向って右側の上段の間で、継之助ひとりが通され、二見は次の間に控えさせられた。やがて継之助の前に現われたのは、未だ若い少年のような男であった。継之助はまさか、この男が自分の談判の相手であるとは、暫くの間、理解し難かった。その名を土佐藩士で軍監・岩村精一郎。

彼の傍に淵辺直右衛門と長州の杉山荘一、白井小助が座った。継之助は拍子抜けの態であったが、いっその事、自分の理屈を押し通してやろうという気概が勃然と沸き起ってきた。継之助もこの岩村にせよ、他の介添にせよ、名前は耳にしたことのない小物である、もっと大物、つまり山県狂介や黒田了介らが出座することを期待していたのである。

当時、西軍は戦線が拡大し、能力のある指揮官が各所で要請されていた。このため、岩村のような僅か二十三歳の青年に、継之助の人物や経歴など知る由もなく、会談は単なる旧幕府直属の譜代藩の門閥家老にすぎないので、西軍の要求だけを突きつければ何なく呑みこむのであろうと、高《たか》をくくったのである。

岩村精一郎が若年で、それ程の天分もないのに、西軍の重要な立場にいたのは、一説によると、坂本龍馬暗殺後、海援隊、陸援隊の連中が、下手人は新撰組であり、その手引きをしたのは紀州の公用方三浦休之助と思いこみ、彼の寄宿している天満屋へ斬りこんだ事件が生じた。その斬りこみ組の中に岩村の名が残っており、そのような因縁からか、岩村は「坂本龍馬門弟」と自称か他称か判らぬが、噂されたのが原因と言われている。

さて、西軍の参謀山県、黒田の作戦計画では、岩村の率いる先遣部隊により、高田へ侵攻し、部隊集結後、信濃川の渡河、榎峠から長岡城攻略と予定されていた。この岩村の率いる山道軍は、薩摩一小隊、長州二小隊、松代五小隊、尾州三小隊、高田三小隊と砲二門、松本三小隊、飯山二小隊、計二十小隊と砲二門。約千五百人であった。

継之助はまず、丁重に初対面の挨拶をした。

岩村はいかにも継之助を敵側としての見方で、疎略な扱いをしていた。多分、継之助の気風に押されたのであろう。ここで弱気を出すまいといきり立つ様子が並居るものにもよく判った。継之助は歎願書を差し出し、今までの西軍からの出兵や献金の命令にも従わなかったことの詫びを言い、長岡藩主は決して朝廷に背く意志はない。しかし、藩論が一致せず、しかもこの時期、会津、米沢、桑名藩兵が同盟への加入を迫り、藩も危機に直面している。今、しばらくの猶予を願い、藩論をまとめ、朝廷に従うことで会津ら諸藩を説得して、戦火の災から無事に収めたい。軍を押し進められるならば、大戦となるやも知れない、それは多くの罪のない人々に苦しみを与えるばかりである。それは藩主・牧野侯の心を痛めるところである。このことを歎願書に認《したた》めてあるので、総督府に取りついでいただきたい、と一気に心のうちを吐露した。

この嘆願書は継之助の苦心の作で、小山良運の知恵をかりて書き上げたものである。これには長岡藩が譜代として大政奉還後の徳川氏に対する義理をもって、いかに周旋し、奔走したかをくどい程の繰り返しで述べられており、その誠意が通じないことを知っても、臣として刃を向けることは出来ない。長岡藩は領内を収め、静かに時期を待つことで、朝廷に逆らう意志は全くないことを表明したい。

そして、「日本国中、協和合力、世界へ恥無き之強国に為さ被れ候はば、天下の幸之に過ぎず」と結んであった。この時、岩村の頭を過ぎったのは、総督府よりの内旨であり、それによると、長岡藩の強力な軍備のことであり、同時に先程の会津藩兵との戦闘で、長岡藩の武器や藩兵の目印である五間梯子《はしご》の白布が散乱していたとのことであった。

岩村は継之助の今、暫くの猶予とは時間かせぎの口実かも知れないと思った。今、継之助の言辞に惑わされたら、それこそ、新政府の基本的且つ一貫した政策と姿勢が崩れるという心配が走った。つまり、新政府軍への協力とは、あくまでも恭順を前提として、武装出兵と献金である。岩村としては長岡の強力な藩兵の出兵を求めるのは当然であろう。そうすれば会津攻略も一層容易であろうし、山県参謀が言っていた越後方面はまたたくまに収められるという言葉が、彼の胸のうちをふいと突き上げたのである。この上は絶対に、継之助の要求を拒否し、即恭順を求めることに決した。

継之助と西軍との小千谷での会談の報を耳にした会津藩・一ノ瀬要人が部下の精鋭佐川官兵衛

隊を片貝へ出兵させて挑発した。これは会談を側面からぶちこわす工作でもあり、長岡藩の紋章の入った銃や目印を故意に放棄して攪乱《かくらん》戦法に出ていたのである。

継之助の嘆願書をそのまま突き返した岩村は、今度は出兵、献金を拒否したこと、戦闘中、長岡の武器、五間梯子の目印のことを荒っぽい口調で難詰した。継之助は岩村が至極、昂奮していることを知ると、逆に冷静な調子で再び同じ論旨で嘆願を繰り返した。次第に継之助の表情に焦りの色が出てきた。相手が岩村のような若造でなく、ものの判った人物がなぜ出てきてくれなかったのか、山県はどこへ、黒田はどこへ、と無念の唇を噛みしめた。岩村は、

「もはや、聞く要はない」

と一言、座を立とうとした。その時、継之助は、

「お待ちください。今一度、嘆願の旨、お聞きください」

とすり寄っていった。継之助の額に汗が浮き出ていた。今、この機会を失したら、長岡は戦場になる。それは継之助の真意ではない。

平和な国づくりの継之助の理想が挫折する。そう思うと、必死に懇願しなければならない。しかし、岩村にしてみれば、継之助の懸命な嘆願が、自分を高処から押さえつけるような錯覚を生ずるのである。二十三歳の若さが、負けてたまるかという血気だけが走ってしまったのかも知れない。継之助の気力、明晰さ、才能と互角に立ち合う人物でなかったら、惜しむべし、継之助はもはや、何の役割をも果さぬ結果となる他なかったのである。

岩村が座を蹴った後に従った淵辺が、岩村に耳打ちした。

「山県さんが河井を拘禁しておけ、と言われましたが、いかがなさいますか」

山県狂介や黒田了介はその頃、越後口にあり、小千谷へとって返すが、それまで河井を拘留しておくようにと伝言しておいたのである。しかし、この時、岩村は不快そうな顔付をして、

「放っておけ」

と言った。このことは後に、品川弥二郎が回顧して、会談が岩村のような小僧が出たのは誤算であった。山県や黒田であったなら、越後戦争は避けられたであろう、人物・河井継之助を殺したのは岩村だと怒ったと言うことである。又、山県も自分の意志が下僚に伝わらなかったことへの遺憾を述べている。後に宮中顧門官となった肥後藩の米田虎雄は、長州の高杉晋作と並び称せられた河井継之助を逸したことは、返《かえ》す返《がえ》すも無念と言っている。

しかし、岩村精一郎だけが責められることでもないのである。岩村も山道軍先遣隊長として、薩長のみならず恭順派の他藩の兵士を引き連れている。その体面は保たなければならないし、若気の至りとはいえ、征討軍のメンツと意志は最後まで貫かなければ面目は保たれない。世に越後戦争突入の悪玉のように批判されてはいるが、このことは同じように、東北鎮撫軍の参謀・世良修蔵も東北諸藩を全面戦争に巻きこんだ元兇として悪評高い。

しかし、岩村にしても世良にしても、未熟さや人格的な問題は他におくとして、彼等にその責任を覆い被せるのは甚だ酷である。むしろ、新政府側のとった適材適所の人事派遣のまずさや戦

略の拙さのほうが責められるべきであろう。上級リーダーはそのマイナス面を、個人の欠落を全面に押し出すことで逃げてはいないだろうか。革命というのはそういう酷《むご》さが必ずつきまとうものである。

しかし、果して山県や黒田がこの会談に立会っておれば越後戦争は避けられたであろうか。それは歴史は語り得ないことなのである。歴史とは結果が語り得るものだからである。筆者はそのことが果してどう、その後の展開を見せるかの推測は、誰もが言い得られるものではないと思うのである。

継之助はしばし呆然と座したままでいたが、つと立ち上がって玄関口へ出た。二見は控の間から飛び出してきて、継之助の顔を見た。

その時の継之助はいつもの表情とはうって変わり険しく感じられた。そこには既に、或る決意のような重々しさをも見たのである。

二見はその時、いよいよ河井さん、やるか、と力強く刀を握った。

草履をはいて、十歩程歩いた時、

「もう一度、頼んでみよう」

と又、玄関口より上がっていった。本堂の脇の部屋に薩長の将士が屯していたので、再度、会談を要求した。しかし、彼等は何も答えなかった。或る者は冷たい目を継之助に向けていた。とりつくしまもない、とはこういうものかと継之助も思案にくれた。彼は再び外へ出た。そのまま、旅篭へ戻った継之助はひとり黙して部屋に閉じこもっていた。小半刻程すると、再び本営へ出向くと言い出した。

その時は既に、会津が戦争に突入したと報せが届いていたので、駕籠かきの人足たちは早く国へ帰りたいと騒ぎ出した。二見は長岡は戦さをしてはいない、安心せよと、諌めては彼等を落ち着かせた。

継之助と二見が本営へ付くと、そこは各藩の兵士たちで混雑していた。薩摩の旗印を立てた陣所に足早に向った継之助は、

「長岡藩・河井継之助でござる。今一度、岩村精一郎殿にお取次を」

と大きく頼んだ。しかし、これは無駄なことであった。誰もが余計なことにかかわりたくはなかったのである。まことに素っ気ない返事がかえってくるだけであった。

辺りは暗くなってきた。かがり火が焚かれ、各藩の張提灯がかかげられた。ここはやはり戦場であった。行き交う兵士らの顔は緊張感にみなぎっていた。擦れ合う銃の金属的な音が、そして硝煙の臭いが、これからの長岡の山野に満ちるのかと思うと遣り切れなくなってくる。継之助は本営の門の傍で、二時間程、黙って座っていた。ここで挫折したら、今まで継之助が仕上げてきた藩の改革はすべて徒労に帰する。何とか調停しなければならない。

もう一度、かけ合ってみようと、腰を上げた継之助は、再び面談を願って門に入ったがこれま

た効果はなかった。

既に深夜になっていた。継之助も疲労が増してきた。次第に心の重さが加わっていく。

門外には、加賀、尾張、松代藩などの兵士も駐屯していた。それらの諸将に取次ぎを頼んでみた。これが最後の全身をふりしぼった懇願であった。しかし、岩村の気を損ねることを心配し、後難を恐れて誰も相手にしてはくれなかった。継之助は自分が卑屈な姿勢でありこちを走り廻っているのに気がついた。忍耐することとは、こういうことなのか、それを敢えてしてまで己れを救いたいのか、タムソンの言った忍耐とは、救いである筈ではなかったのか。

「耐え忍ぶものは救われるであろう」

志野が堪《こら》えてくれと言ったのはこのことであったのか。理想郷を描くとは武士の意地を棄てることしかないと思ってはいたが、継之助の胸の奥底から、本然と武士の面目が頭をもたげてしまった。

「タムソンさん、志野さん、許してくれ。やはり俺はだめだ、耐えられぬ」

ぼそっと呟いた継之助の目に、一筋の涙が流れた。

継之助は突然、立ち上がった。そして、二見に目くばせをすると、さっさと宿へ戻ってしまった。

その夜、継之助は今まで胸の中につかえていた重い石ころのような塊が、急になくなっているような軽さを覚えた。二見と酒を酌み交しながら、得意の詩を吟じた。二見はその継之助を見つめながら、堪えていた哀しさがこみあげ、思わず嗚咽の涙がこぼれた。

志野が死んだ同じ日の出来事であった。

継之助の一行が小千谷を離れるとき、沿道で休んでいる各藩の諸隊士が口々に叫んでいた。

「河井、早くかえって戦さの準備でもしろ」

「戦場で相まみえよう」

「長岡藩の力を見せてもらおうではないか」

と罵る声、嘲笑の声を背に、一行は静かに長岡へと向かった。既に継之助の胸の内は穏やかであった。誰がどう愚弄するも、嘲笑するも、あとは戦場において彼等と干戈を交えるのみ、という決意が継之助をこの上もなく平静なものにしていた。二見も駕籠の傍で彼等の声を、まるでうるさい蠅の羽音としか感じられない程、心が澄んでいた。彼の唇には、これから思いきって暴れてみせるという固い決心を見せていた。

帰藩した継之助は、浦村で藩主の命を受けて出迎えていた槇吉之丞に、

「いかん。何としてもいかん。俺たちの気持は西軍には判ってもらえん。事、ここに至れば戦さしかないであろう。直ちに摂田屋の本陣へ伝えてくれ」

と言った。槇は早馬でこのことを藩主に伝えるため駈けた。その走りいく砂塵がこれからの長岡の様相を予見するように渦巻いた。

途中、継之助は前島の庄屋へ道を迂回した。

ここには親しい友人である川島億次郎が一隊を率いて警護に当っていた。

「億次郎、俺の力が足りなかったかも知れんが、全く相手にならない。どのように説得しても、まるでけんもほろろであった。こうなった以上、戦さしかない」

継之助の言葉に、億次郎は蒼白な面持ちで詰めよった。

「それはお主《ぬし》の言っていたこととは相違するではないか。何か他の方法はとれないのか。戦さは避けなければならない。長岡は滅ぶ」

彼の声は悲痛そのものであった。

継之助はその時、じっと腕組みをして考えていた。暫く空白の時が流れた。庭の樹々から樹へ、とび移るように雀の囀《さえず》りが走っている。この場の重苦しい空気とは裏はらなのどかさであった。

「最後の手は一つある。俺の首を斬り、三万両を添えて、岩村に差し出してくれ。そうすれば事は済むと思う」

と継之助は言った。それを聞いた億次郎は怒ったような声を出して、

「そんなばかなことが出来ると思うか。西軍の要求する三万両と出兵を拒み続けてきた我が藩の意味することが消えてしまう。その上、お主の首を添えものに出来るか」

と叫んだ。継之助は憮然として言った。

「それ以外の道はもう全く塞がっている。時期が遅すぎた。会津は戦端を開いた。億次郎、俺の首を斬れ。長岡を戦場にしたくはない」

継之助の打ちしおれた姿を見て億次郎は、これまでのさまざまな辿ってきた道を思い出した。継之助がこの短い才月の中で、大局的に新しい時代の動きを読み取り、将来の長岡の動向を見極めていた。それが藩政改革であり、そのことを礎として新政府との駆け引きに賭けてきたことを億次郎もよく知っている。

それは継之助ならではの凄まじいエネルギーと信念による行動であった筈である。

思わずはっと気を取り戻した億次郎は勢いよく、

「この上は藩のため、立ち上がろうではないか。戦さの結果を論じても仕方がない。我々の正義のため、新政府に思い知らせてやろうではないか」

と叫んだ。これを聞いた継之助は億次郎の手をしっかりと握って、

「済まない。俺の考えは誤ってはいなかった筈だ。しかし、通らないということを知らなかっただけだ」

と億次郎に詫びた。

摂田屋の本陣では継之助の決意の程を、今や遅しと藩士らは首を長くして待っていた。

既に西軍の無理解さと継之助に対する無礼な仕打ちに、彼等は憤激の色をその表に出していた。

継之助はあくまでも冷静に、全藩士に納得のいくよう説明をしなければならなかった。

「新政府の徹底した要求は藩士の出兵と献金、それに継之助の首を添えなければならないであろう。しかし、以前より長岡藩の意志は、徳川恩顧に対して義理を重んじる。刃を向けることは死

しても出来ない。しかしながら、朝命に叛くことも適わぬ。その藩の意志が聞き入れられぬとならば、長岡藩独自のやり方で事を処するしかないのである。あとは軍令の出るまで待機するように。なお、敵に遭遇しても、決して当方より発砲しないように心掛けよ」と指示を与えた。こうして、長岡藩も臨戦体制となった。

小千谷会談が決裂した情報はいち早く、東西両陣営に届いた。東軍はこれを聞いて躍りあがって喜んだ。長岡藩は即座に奥羽列藩同盟に加盟した。特に会津藩にとって長岡が西からの新政府軍を固く受け止めてくれることは、要するに盤石の備えとなる。衝鋒隊長古屋作左衛門は継之助を敵に回さなかったことへの安堵の胸を撫でおろした。

西軍は急に慌しい戦略を展開する結果となった。長岡の地形は南面は険阻な山岳地帯であり、西面は信濃川が大きな障碍をなし、侵攻は困難を極める。東面は又、日本アルプスの峨々たる山群である。この地は要するに戦略上、用兵に困難を伴うところである。北面は日本海に通ずる平野が広がっているので、攻略するならば、この地形を利用するしかないであろうが、かなりの兵力を費やさねばならないのであろう。西軍は海道と山道の二方面から挟撃の計画をたてた。まず、海道軍は五月七日、関原に本営を設けた。ここから真っ直、信濃川の対岸大島へ、川を渡れば長岡城へ突入できる。当初、四千乃至五千人程に過ぎなかった西軍はこの作戦計画で、その後兵力増援され、最終的には五万人を越えたと言われている。特に薩長の精鋭部隊が挙ってこの方面に投入され、各地で転戦した経験豊富な近代兵装のプロが勢揃いしたと言ってもよいであろう。

指揮官も山県狂介、三好重臣、時山直八、滋野謙太郎、前原一誠、奥平謙介、三浦梧楼、山田顕義（長州）、黒田了介、吉井友実、西徳次郎（薩摩）らで、終盤戦には西郷隆盛、村田新八（大村益次郎）も参加している。

越後戦争に関与した東軍は長岡兵一千、米沢兵八百、会津兵七百、桑名兵三百、庄内兵二百五十、仙台・上ノ山兵三百、村上兵百五十、その他五藩、衝鋒隊、水戸脱走兵らで約五千人程であろう。数量的にいってもこの戦闘は前途多難なものであった。

西軍は諸隊共、数門から数十門の砲を備えていたが、東軍は長岡藩を除いて十門内外という微力なものである。西軍の中でも長岡藩は継之助の兵制改革が行き届いていたので、他藩を遥かに凌《りょう》駕《が》する近代装備をもっていた。

即ち、全隊は銃隊編成、最新式ミニェー銃であり、大砲も十五斤忽砲一門、十二斤忽砲一門、フランス式斤忽砲三門、四斤施条砲六門、元込砲三門、臼砲十四門、それにブラントから入手したガットリング砲二門、計三十門の装備は、七万四千石程度の中級藩としては他に比較できぬ強力な軍備であった。

軍事調練も上は家老から下は足軽まで、全く同じように洋式訓練をほどこしたのである。

これは継之助の進言で、藩主忠訓から、

「一、西洋兵制は各国戦ふごとに工夫を凝らし、大小銃隊、分合集散、隊伍の働きは勿論、諸器械は実地に付いて得失研究、その製造日に新たになりゆき、近来御国内一般、西洋兵学の所長を採りて兵制改革の体は衆人の見る所に候」
と全藩士に申し渡されている。薩長は長岡の強力な武装防備の情報は得ている。今までの日和見的な戦いとは格段の差がある。余程の魂胆でぶつかっていかないと士気はあがらないと見て、長州軍は奇兵隊を先頭に立て、薩摩も主力を投入した。まず、東山道軍千五百、海道軍二千五百の二手に分かれて長岡を窺った。しかし、彼等にしても、うかつに手は出せない。東軍のゲリラ活動が所々に散在している。後方から突かれる恐れもあるので、海道軍はこのあたりからの掃討作戦に着手した。

一方、山道軍は長岡藩領の入り口に当たる榎峠を確保した。

いよいよ五月七日、攻撃命令が出された。その頃、継之助も全藩士に軍令を布達して、西軍を邀《よう》撃する態勢に出ていた。これから数ヶ月、維新史上、双方、血みどろの凄惨な越後戦争へと突入するのである。

十六

榎峠は長岡の南十二キロ程、信濃川の右岸に位する三国街道の険要の地である。ここは戦闘には不向きの地形であるので、ここで西軍を迎え撃つことは避けた。というのは既に西軍はこの要地に向かって進撃を開始している。

それに峠の西に流れる信濃川の対岸、三仏生に西軍は布陣している。距離僅か五百メートル、少しでも動けば砲火が集中する。ここで継之助は周辺の間道をうまく利用して兵を動かし、峠を奪うことに成功した。この戦闘では萩原要人《かなめ》の率いる四小隊に会津の佐川隊、川島億次郎の四小隊に会津の萱野隊及び桑名、衝鋒隊が加わっている。砲声はいんいんと峠や山に響き、小千谷方向にも聞こえてくる。

西軍の首脳部である山県は柏崎の方に戦闘指揮に廻っていたが、長岡藩の戦闘突入の報を聞いて急遽、小千谷にとって返し、小千谷の本営を固守するよう陣容を整えさせた。

この時に山県は仮参謀として指揮をとらせるため、親友の時山直八を伴って小千谷へ向かったのである、彼は榎峠の銃声が激しいので、味方の苦戦を予測した。時折、大きく響く砲声も、聞き覚えのある西軍のものではなく、かなり小廻りの利く四斤施条砲のものであることを知った。山県は継之助を野に放したことをひどく悔しがった。これからの戦いは予想以上に苦しいものになるであろう。決して後を見せなかった継之助の今までの行き方が、この戦いにも明瞭に表われてくるであろう。彼は時山を急がせて小千谷本営へ着いた。

ところが本営は、あの峠付近の激戦にも拘らず、まことに静かで、どこで戦さが始まっているかのようなのどかな趣を呈していた。

山県は何事かと玄関口からどかどかと居間へ入っていったところ、何と、部屋のまん中で、膳

をしつらえて岩村や他の将士らが揃ってゆっくりと食事の最中であった。これを見た山県は怒り心頭に発して、

「バカもの、峠で何が起こっているのか判らんのか」

と大声をあげて叱った。傍で給仕役をしていた兵士らも竦《すく》みあがり、一散に逃げ出した。

岩村は山県のいきりたつ姿を見て、気弱になったのか悄然としてしまった。山県はこの時、一生の不覚、この男に指揮をとらせ、あまつさえ、河井継之助との会談に立ち会わせた失敗が、これからの西軍の危機を招く。それは新政府側の大きな打撃でもあると臍《ほぞ》をかんだ。

彼は直ぐに峠の奪回作戦に入った。これには薩摩の遊撃隊、長州の奇兵隊の精兵を送りこまなければ無理であろうと考えた。雨で増水中の信濃川渡河作戦が開始された。流れの勢いが強く、対岸の接地を遙かに離れてしまうため舟の操り手を多く必要としたので、兵士の運搬にはかなりの困難を伴った。時には濁水に呑まれる舟もあり、溺れ流されていく兵士らも多かった。この渡河には、強引すぎると反対するものも多かった。それ程までして榎峠を制することに意味があるのかと、疑うものも出てきた。しかし、山県は榎峠を奪回することは、小千谷を守ることであり、小千谷が破れたら西軍は敗退するだけであることを知っていた。それは西軍参謀山県としても許せないことであった。西軍がこの土壇場の困難をおして対岸へ上がった時、既に東軍は峠から降り、逆に西軍の背後へ廻ろうとしていた。山県は急遽、兵の撤退と布陣の変更を余儀なくさせられた。だが、あくまでも峠を固執する山県は、翌日、総攻撃の策を講じ、その指揮を時山に任せ、

小千谷の本営へ戻った。この間に、長州の奇兵隊や新たな薩摩の増兵がくることになっている。総攻撃はそれらの諸部隊の集結と同時に開始する手筈になっていたのである。

山県の懸念は、再三、抜けなかった峠の要地確保は長岡への進撃の前哨戦であり、これが不可能であるならば、東軍側の士気を益々強めてしまうことであった。その山県の苦衷を知りすぎる程知っていたのが時山である。

時山は吉田松陰門下の逸材であり、松陰も「直八の気を愛すべし」と、その人柄を賞めたと言われている。馬関戦争、第二次長州征伐等、歴戦の士で、越後戦争に参加したのは三十一歳の年であった。

五月十三日、早暁、目を覚ました時山は、あたりが濃霧に覆われているのに気づいた。

彼はこの時、この濃霧を利用して朝日山に陣を敷く長岡兵らを攻略するよい機会であると判断した。多分、時山は山県がこの地の勝敗に賭ける意気ごみを何とか、ものにしてやろうと、思わず情に溺れこんでしまったのであろう。戦場では冷静な判断力と適確な行動性が要求される。時山はこの瞬間、親友山県への情愛を先行させ、これが彼の運命を決定させてしまったのである。

山県はこの時、小千谷から増援部隊を率いて駆けつけているさ中であった。

時山は攻撃のチャンス来たれりと見て、山県宛へ一書認め、朝日山へ向け総進撃の命をくだした。朝日山は榎峠の東南、標高三百三十メートルの尾根伝いの山であり、ここから間道沿いに摂田屋にある継之助の本陣を突くことができる。指揮官時山の後に従うのは精鋭部隊の長州三隊、薩摩二隊、静かに霧に包まれた山を上り始めた。あたりはあくまでも森閑としていた。兵士らの踏み音と時折、銃のぶつかり合う金属的な鈍い音が聞こえる。その音も押さえ目に、押さえ目にとの趣がする。

その頃、山頂の砲塁を守っていたのは、長岡の安田多膳の隊であった。その側面に桑名藩の立見鑑三郎の率いる雷神隊が待機していた。濃霧の中で夜が明けてきた。立見は歴戦の猛将である（後に陸軍大将・男爵）。この静けさの中で、自分の胸の内だけが妙に騒ぐのを覚えた。本能的に何かある、との予感が走った。敵襲かも知れない。彼は直ぐに物見の兵を山頂付近に出した。その直後、いきなり濃霧の中で大きな叫び声が挙がったとみるや、銃火のけたたましい音が響いた。案の定、敵襲である。山頂の長岡兵は不意打ちをくらって、銃を構えるときもなく、抜刀して応戦した。立見らは直ちに迎え撃つ態勢を整え、一斉狙撃を加えた。これが功を奏して、西軍はばたばたと倒れていった。時山が率いる薩摩二小隊はこのために兵力の半数を失ってしまった。時山は逃げ腰になった隊を引き戻し、円陣を作って次の攻撃に備えた。暫くすると、射撃も収まってきたので、時山は相手の様子を探ってみようと、自ら、射撃しやすいように柵でしつらえてある台場にとりつき、不用意に、ひょいと体を浮かせて先方を覗いた途端、甲高《かん》い一発の銃声の響きと共に、時山の体はそのまま崩れるように転がった。ちょうど額の真中を打ち抜かれて即死状態であった。彼はそれこそ運が悪く、雷神隊が次の攻撃に備えて、一斉に銃を構えて待ち受けていたところへ、まるで射ってくださいとばかりに顔を突き出してしまったのである。その上、折も折、あんなに濃い霧がこの時だけ、勢いよくさあっと消え、あたりは一目瞭然となったのも運の尽きであった。

驚天した二小隊長の武広九一が時山の足を取って引き下してみると、もはや時山は絶命していたので、首を落し本営へ運ばせた。

時山直八戦死の報は攻撃隊の士気を急速に衰えさせてしまった。

山県が駆けつけた時は既に、時山戦死が伝えられ、攻撃全軍が退いてくるさ中であった。

山県は前に置かれた時山の首を見つめ、悲哀の涙を流した。

「なぜ、待っていてくれなかったのか。お前ほどの男が死を急ぐことはなかったのに」

と山県はいつまでも泣いていた。後年、山県は時山のために小千谷の船岡口に、その名を惜しみ、碑を建立している。

山県は時山の死の痛みから立ち直ると同時に、西軍の士気の衰えを回復させる意味もあって、本営を小千谷から横渡《よこわたし》へ移動させた。

これからは戦線も膠着状態になっていった。

この間、継之助は摂田屋の本陣で、連日の作戦会議に追われていた。ともかく、西軍を越後で釘づけにしたことは成功であった。

継之助は暫く振りに自邸に立ち寄り、おすがにも会った。長岡城下は町民たちが戦火を避けて悠久山や栖吉方面へ移るために混乱を極めていた。しかし、大半はいつもと同じように平静に日々の生活を営んでいるのを見て、継之助も何かしらほっと安堵の胸を撫でおろすのであった。

しかし、ひとたび城下が戦場と化した時のことを考えると、非戦闘員である町民たちの阿鼻叫喚はひとかたならずであろう。出来るだけ早めに、避難先を確保しておかなければならなかった。

その対策を小山良運の知恵を借りて実施した。城下には二十の町部があり、行政上、これを三分割し、表町組、裏町組、神田組とし、それぞれに統轄者としての検断役が置かれてあった。その検断の下に数名の町老があって、検断役の補佐も兼ねていた。町老の下には町代(吟味役兼)があり、町内の事務を掌《つかさど》り、更に書役という雑務係がいた。その組織を利用して、末端にまで行きわたるよう一旦、戦火が迫った時の緊急避難先の布告を事前に配慮した。

僅かな一刻ではあったが、久し振りで自宅でおすがと過した。縁先から、あるいはこれが見納めになるやも知れない二本の喬松を眺めながら、タムソンから解釈された竜を思い出した。竜は年を経た蛇であり、悪の権化、神とその民に敵対する勢力の代表者であると言うことを。

「タンニーン!」

まさしく、それはこの俺かも知れない。神とその民、つまり、朝廷を祭りあげ、己れの利得のために是が非でも旧勢力を倒そうとする薩長、それがタムソンの説く、「神とその民」なのかも知れない。俺はそのために悪の権化と呼ばれてもよい。悪とは何か、新しい力あるものが善であり、古き滅びを表わすものが悪と断じる時の流れに逆らうものが、一人いてもよいではなかろうか。蒼竜窟と自称した表現が、今の、この時の継之助に一番、適切な意味を持っているのかも知れない。

二本の喬松は今にも、踊り狂ったように天空に馳せ昇るような幻影が、継之助の身内を走り抜けていった。


西軍の増強は日増しに大きくなり、暫くは両軍の砲撃戦が展開されていた。

西軍は砲一門で一日に百五十発の砲弾を東軍陣地に射ちこんだと言われる。各所で小競り合いの小銃が乱射され、持久戦のような形となっていった。山県は何とかこの膠着した戦況を打開させなければと、その策を練っていた。時に、雨期であったため、信濃川は増水、黒く濁った水が激しくうねりながら流れていく。日中でも、どんよりと曇った日は暗く、時折、驟雨《しゅうう》が降り注ぐ。誰の顔にも、疲労と不安の色が浮んでいる。

関原から、山県の同志である三好軍太郎が一隊を率いて到着した。彼の率いる薩兵もこの作戦に加わることになり、共に額を寄せては戦法のあの手この手と策に傾注した。結局、一か八かで、濁流渦巻く信濃川の強行渡河に方針が決定した。山県は一度、この渡河作戦には失敗している。慎重に練り上げていかなければならない。しかし、これが長岡城を直接、突く最も効果的な方法であった。他の方法として萱峠からの山路を突き抜けるころだが、これは大きく迂回するので手間はかかるし、土地に不慣れの上、輜重も困難であることがわかった。山県は三好と共に、五月十九日の払暁、作戦を実行することにした。「之を囲碁に譬ふるに、全局の勝敗は、此却に勝つと否とによりて決せらるるなり」と山県は万感の気持ちを吐いている。

一方、継之助の本陣では、同じように戦線の膠着状態を打開するため、継之助自身が別働隊を編成し、前島付近から信濃川を渡河し、対岸の浦村に出て二隊に分かれ、本大島と小千谷の敵営を突くという作戦を考えた。この実行は五月十九日の夜とし、まさに両軍が同じ日にそれぞれの秘策をぶつけ合う結果となってしまった。しかし、作戦は山県の西軍側に、まる一日の時のズレをもって早い実施となることが所謂、勝機を摑むこととなった。

西軍はこの渡河作戦に舟の微発を与板藩に賭け合い、供給させ、陸路から運搬して備えておいた。それこそ、山越えの舟運搬である。

このことは又、山県の大局的な作戦計画の優れた面でもあろう。勿論、機を見るに敏なる継之助も、こういうこともあろうかと、付近にある舟はことごとく長岡側に徴収しておいたのであったが、この面では山県に一分の利があったのかも知れない。要するに、戦さの攻守の土壇場での才覚が、積極的な側に機を発揮する類いなのであろう。

継之助は十九日夜の作戦会議のため、主力を南の方に集中させておいたので、長岡とその付近はまことに手薄となっていた、それに払暁、急に南の東軍に対して西軍の一斉砲撃が始まった。そのためにこの方面に敵襲あり、との注意が引きつけられているすきに、三好の指揮する長州の奇兵隊二小隊、高田藩一隊が、そして藩兵も北の方面から激流に舟を繰り出して渡河を開始した。この不意の襲撃には長岡の各隊は混乱した。門閥派だが名分論を主張し、当初は恭順を唱えていた毛利幾右衛門の率いる小隊が潰走した。摂田屋で会議を開いていた継之助はこの報を受けると、直ぐに戦場へと馳せた。

「お城が危い。早く……」

と藩士たちが走っていく。この時、継之助はブラントから購入したガットリング砲を引いて城下へ駆けつけた。既に西軍は城下の各所へ侵攻し始めていた。継之助は、

「失敗《しま》った、遅かったか」

と口惜しがって唇を噛み、城の大手門に迫ってきた西軍に対し、ガットリング砲を据えつけて乱射した。最初、体をのり出して進んでくる西軍に薙ぎるような射撃をすると、土煙りがまるで煙幕のようにあがった、彼等はこの新兵器に驚いて地に伏して動かなかった。

しかし、次から次へと西軍は寄せてくる。

継之助は袴の股立ちを上げ、陣羽織に陣笠、大小二刀を腰に差し、足には高下駄という戦場には適わしからぬ風態で、足を開き、砲身にしがみつくような格好で思いきり引金をひいた。継之助がクランクを回転させる毎に、六本の筒身が廻り、弾倉から轟音と同時に一分間二百之至三百発の弾丸が飛び出していく。

当時としては予想以上の凄まじい火力であったに違いない。何事かと体を起すものは血しぶきをあげ、将棋倒しに消えていく。継之助も発射の反動で、体をもち堪えることで精一杯であった。しかし、ばたばたと倒れる西軍兵士のあとからあとから押し寄せてくる攻撃には手を焼いた。途

中、弾丸が詰まったのであろうか、発射しなくなってしまった。そこで砲を引いて退こうとした時、継之助は左肩に熱い痛みを覚えた。既に左腕がだらりと下がったまま動かなかった。銃弾が貫通したのである。傍にいた会津藩家老・一ノ瀬要人はもはや逃げ腰で、西軍の迫る様子を高台から見つめていたので、継之助は痛む肩をかばうようにして、

「退ってはならぬ、死守するのだ。会津藩武士の面目を見せよ」

と大声で喚いた。そのために、一ノ瀬はそこから離れられなくなってしまった。肩からしたたり流れる鮮血を見た長谷川健左衛門が驚いて、嫌がる継之助を無理やりに抱いて城内へ引揚げさせた。この時、これを支援したのが衝鋒隊長古屋作左衛門の一隊であった。以前、蛮行をほしいままにして継之助に言い含められ、北越から去った古屋の衝鋒隊は各地で転戦し、やがて継之助の指揮下に積極的に入ってきた。この時の光景は、古屋に従っていた今井信郎の記録に、

「十九日夜半、南軍(西軍の意)信濃川上下二ヶ所ヨリ渡ル。坐(蔵)王ニ備タル村松兵狼狽、一支モセズ市街ニ火ヲ縦《ハナ》ッテ逃奔ス。

長岡城ニハ強壮ナル者ハ尽ク妙見ニ出陣シ、老幼ノミ残留セシカバ周章大方ナラズ。古屋作左衛門総督、河井継之助長岡大夫手元ノ兵四、五十人ヲ率ヒテ神田口ニ出防戦シ、河井自ラ〈ガットリング〉ヲ発シ、薩長兵ヲ射殪ス。サレドモ南軍破竹ノ如ク競ヒ進ミテ撓マズ。河井継之助モ肩先ヲ射貫レ、銃兵十四、五人討死シ、力尽テ城中ニ引入ル」

村松藩兵は三好指揮下の奇襲部隊に攻撃された際、暢気《のんき》に守備していたため、ひとたまりもな

く敗走、その上、何を勘違いしたのか、引揚げてきた長岡藩兵目がけて一斉射撃をしてしまい、「村松藩裏切り」の報がとんだ。

今までも挙動不審な駆け引きがあっただけに、これは村松藩にとっては手痛い失策であった。実際には、最後まで長岡側に立っていたのであるから、まことに気の毒なことに、それ以来、いつも猜疑の目を向けられるようになってしまった。

傷ついた継之助が城中に避難した際、古屋や今井がそれを援護したのは前述したが、継之助と今井は有馬と言い、更に今回と言い、よくよく因縁があると見える。

長岡城はその別名を八文字構えの浮島の城と呼ばれていた。これは沼沢の中の原野を切り拓いて築いた平城で、石垣は少なく、僅かの濠を廻らし、殆どが土塁であった。要するに、要害堅固とは言い難く、近代戦には全く不向きであった。継之助はひとまず城を放棄し、再挙を図ることにした。藩主はその一族と共に、用人花輪彦左衛門の護衛隊に守られて、栃尾を経て栃堀方面へと退いた。この山道は会津領内へと続いているのである。この頃、会津藩一ノ瀬要人や秋月悌次郎がこの方面へ出ており、藩主一行を迎えて若松城へと向かった。首から白布で腕を吊った継之助は、炎炎と燃え盛る城下を馬で疾駆し、状況を視察した。町中は火に追われ、人々は逃げ惑っていた。紅蓮の炎は下なめずりをするように、地を這い、逃げる人々の背を焼いた。あちこちに焼けただれた死体が転げ、それにつまずいて倒れるもの、その上を火が覆い被さる惨状であった。継之助は逃げ惑う群衆の中に、いつも足繁く通った割烹旅館桝屋の娘むつが、呆然と立ちすくん

でいるのを見つけた。馬からとび下りると、いきなり、むつの頬を平手で叩き、

「しっかりせい。すぐに悠久山へ逃げろ」

と大声で怒鳴った。むつは継之助を見ると、急に泣き出して、

「家が焼けている。継之助様は嘘を言われました。長岡は決して戦さにはならぬ……」

と継之助の胸を両手で叩いた。継之助はそれを聞くと黙っていたが、やにわに片腕で、むつを馬上に押し上げ、とびうつってそのまま走り、

「決して負けはせぬぞ、安心せよ、どんなことがあっても長岡は守る」

と、燃え盛る炎の轟音に負けじと大声を張りあげて、人々を悠久山の方角へ導いていった。

継之助は最後に、隊士に命じて城に火を放させた。山本帯刀を殿《しんがり》に備え、暫く西軍をとどめる間に、住人たちを立退かせた。

「よいか、銃戦が始まったら、地面にぴったり伏せておれ、銃声が聞こえなくなるまで、我慢して立ち上がるでないぞ。よいか」

継之助の声がいつまでも響いていた。

この時、城に火を放った武器方頭取飯田直太夫他の隊士たちは燃え上がる城中で、悲しみに堪えかね、煙硝倉に身を投じて全員爆死した。この轟音は遙か若松城にも届いたと言われている。

又、奥羽列藩同盟の動きの中で、新発田藩が出陣した行く手の中空に、黒煙が高く登っていくのを目撃した記録もある。継之助は兵を撤収しながら、村松藩領の葎谷《むぐら》まで藩主一行と共に落ち退《の》

び、そこを仮本営と定めた。間道を領民たちが喘ぎながら一列になって歩いていく。彼等の泣き叫び、悲鳴の声を聞くと、継之助も胸がこみあげ、目に一杯の涙を堪えた。それが勢いよくどっと頬を伝って流れ落ちる。継之助は押さえようとしても、嗚咽が胸を突きあげてくる。

——悪かった、許してくれ——

彼の前をとぼとぼ歩く老婆の背に思わず手を合わせた。忘れていた肩の傷がずきずきと痛むのを覚える。

仮営に入って、継之助は味方の被害程度の調査にとりかかった。大激戦であったわりには双方の死傷者は、西軍十九名、東軍も五十六名ときわめて少なかった。

再起を図った継之助は、桑名藩領の加茂へ本営を移した。ここは民政も行き届き、町民も継之助らの一行を快く迎えてくれた。

庄屋の市川正平治宅が軍議所と定められた。

継之助が最も恐れるのは、戦さの敗色が濃くなると、規律が乱れてくることである。特に長岡藩はじめ、各地からの脱走、敗残兵の寄合いともなると、余程、厳しい軍律を課せないと混乱してくる。兵士たちの他領の人々への暴行、掠奪は厳に戒めなければならない。「諸藩士、入り組み居り候へば、いささかも不敵の儀之無き様、厚く心、いたすべき事、過酒いたし候義、堅く禁の事。

猥りに他行すべからず。去り難き用向き之ある節は、頭々へ申し達し、指図を受くべき事」等は戦場における非戦闘員に対する当然の注意であり、継之助はこのことを徹底して保守させたのである。

この頃、色部長門総督、千坂太郎左衛門副総督に率いられた米沢藩兵四百五十名が加茂に到着した。米沢藩の逸材、中条豊前、甘糟継威、斉藤篤住らが加わっており、東軍にとっては絶大な支援力となり、士気も高まった。

更に庄内藩も続々到着し、新たな軍編成が行なわれた。継之助の計画は総指揮官に色部総督を推し、新来の米沢藩の士気を奮いたたせる役割をも果している。

見付口
会津藩三百十名、砲二門、村松藩八十名
米沢藩三百五十名、砲二門
与板
桑名藩六十名、砲二門、会津藩二百名　砲二門、衝鋒隊二百名、上ノ山藩八十名
米沢藩百名
栃尾口
長岡藩九百名　砲三十門
弥彦口

庄内藩二百五十名　会津藩二百五十名
村上藩百名
鹿峠守備
桑名藩六十名
合計三千名程の軍備であるが、以上の五つの重要地区に拠点をおいた。
東軍は新潟港を確保しており、各国の領事もいるので、外国船が頻繁に出入りをしている。シュネルが東軍に対する武器、弾薬等の補給を順調に行っていた。海岸から山岳部まで述べ三十五キロの長い戦線が伸びきっている。しかし、東軍は自国領だけに活動し易い。
だが、西軍は知らぬ他国で、これといった目的が明確でない戦さに臨んでいるという精神的負担もある。薩長や松代藩以外の藩兵らはいざという土壇場では勢い逃げ腰にもなる。
その上、東軍得意のゲリラ戦法で絶えず脅かされねばならない。山県はしきりと策を練ったが、あまり効果的な戦果は得られないと判断し、時期の熟するのを待った。
この頃になると、次第に奥羽列藩同盟が解体しはじめ、脱落者が出ていた。秋田藩、中村藩、仙台藩、津軽藩らはいずれも西軍に降服したり、当初から二股かけて、自藩の利得を考えて行動したり、自在な行き方をとっていたりしていた。特に、雄藩の間に挟まれて、去就に地獄の思いを経てきた弱小藩は、藩内でも悲劇的な葛藤を繰り広げてきた。
参謀山県狂介は兵員を大量に送りこんで、伸びきった戦線に陣地を構築し、長期戦の体制をとらざるを得なかった。そのために、大総督府にも朝廷にも戦況の不利を訴え、兵員や物資の補給を要請していた。

継之助はこの戦さを持久戦にもっていき、冬季決戦策を練っていた。雪になれた北越軍は自然を利用して、雪には不慣れな西軍を徹底的に打ち叩く自信はあった。雪の恐ろしさは、そこで生き抜いてきた人間にしか判らない。そして又、雪を最大限に利用する術も生活の中から生み出された知恵である。

長岡は昨年、外《はず》れの里でも水揚《みずあがり》という災害に遭遇した。要するに雪中の洪水である。十月の初めであったが、積雪二メートル程になった頃、突然、激しい水の流れが迫り、雪の中の川のように中広い水の道が出来てしまった。それが人家に押し寄せ、女や子どもたちの泣き叫ぶ声が近隣にまで聞えた。男たちは手に木鋤を動かして、川筋を直す作業に励んでいるが、水の流れが増し、手におえなくなると更に高所へ避難した。雪に足を奪われ、放々の態であった。この水揚は初冬と仲春に生じ、急な大雪などのため水源が塞がって溢れ出るためである。これは雪に馴染んだ人たちでなければ到底、理解できない現象である。又、時折、生ずる雪崩も多くの人命を呑みこんでいる。「北越雪譜」によると、

「雪頽は雪吹《ふぶき》に双《ならべ》て雪国の難儀とす。高山の雪は里よりも深く、凍るも又里よりは甚し。

我国（北越）東南の山々里にちかきも雪一丈四、五尺なるは浅しとす。此雪こほりて岩のごとくなるもの、二月のころにいたれば陽気地中より蒸《むし》て解《とけ》んとする時、地気と天気との為に破《われ》て響を

なす。一片破て片々破る。其ひびき大木を折《おる》がごとし。これ雪頽んとするの萌也《きざし》」と記されている。

雪崩のさまは筆舌に尽し難い恐ろしさを伴うのである。継之助も幼少の頃、父に連れられて雪山に狩りに出かけた際、目の前の山が崩れ落ちるような勢いで滑る雪崩を目撃したことがある。継之助は冬の季節を待ちたかった。それは今、幾百万の味方を得るような力である。しかし、山県にしてみれば、この戦さは冬将軍到来の前に仕遂げておきたかった。白雪が舞いはじめたら、いさぎよく退去せざるを得ないことを心に噛みしめていたのである。

継之助は長岡全軍を加茂に移動させた。これは、今町攻撃の作戦を開始する準備でもあった。この作戦に起死回生を賭け、万が一、失敗に終るならば、徹底して冬季作戦へと切換える考えであった。あくまで継之助は長岡城奪回に望みを託していた。それには西軍の根拠地である今町（現直江津）を手に入れなければならないと判断したからである。今町は軍監・三好軍太郎指揮のもとに、薩長・上田・松代・高田・尾張の各藩兵が堅固に防衛していた。今町攻撃には、

一、牽制《けんせい》隊長・山本帯刀の指揮下、長岡三小隊、会津一小隊、米沢一小隊、桑名一小隊、衝鋒隊一小隊、砲十一門

二、主力軍隊長・河井継之助の指揮、長岡四小隊、会津一小隊（佐川隊）、衝鋒隊一中隊（古屋隊）、一小隊（今井隊）砲十一門

三、別働隊長・千坂太郎左衛門の指揮、米沢兵三百五十名、村松一小隊、砲三門

行動開始の日は、連日の豪雨で信濃川は増水、堤防は破れ、人家流出、道路決壊等で、膝を没する泥濘の中を、暗夜に動くので非常に難渋を極めた。しかし、この作戦には、長岡兵はじめ、東軍方の長岡奪回の心意気は益々、高まっていった。攻撃は六月二日に実施された。まず牽制隊は別働隊と呼応しながら、西軍への威嚇作戦を始めた。例の今井信郎が自慢の業物である「回転丸」を抜き放ち、大立回りをしたと言われるのもこの戦いであり、彼はこの時、どの程度か判らないが負傷している。いずれにせよ、刈田川を渡河して堤上の西軍保塁を攻撃した時の「衝鋒隊戦史」によると、

「敵兵(高田兵)は連日の大雨に加えて、洪水非常なれば、敵襲のあるべしとも露知らず、備を懈りて守りを忘れて四方に散乱し、哨兵に至るまで武装を解きて任務を離れ、喧騒して桃李の実を採るに熱中せる者あらば、緑陰に煙を燻て閑々焉《かんかんえん》たる者あり。甚しきに至りては林下に僂き午睡の夢に耽りて、危急眼前に迫り居るも是れを知るに由なければ……」

というまことに油断極まりない所業であったらしい。

しかし、いかに戦さとはいえ、薩長と異なり、寄せ集めの雑藩では士気がまるで挙がらないのは当然であると言えよう。

継之助の主力部隊が動きはじめると、直ぐに西軍は避難していった。この状況を察知して軍監・三好軍太郎、芸州の参謀・渕辺直右衛門、長府の軍監・熊野直介らが援兵を引き連れて馳せ参じた。継之助はしきりと発砲する諸隊の様子をうかがっていたが、このままでは動きが取れな

いと判断し、いきなり、腰に差していた軍扇をぱっと開いて、

「よいか、銃士隊が一斉射撃をする間に、一小隊はあの堤の腹まで、全力で走れ、それを繰り返すのだ」

と叫んだ。この時、傍にいた会津の佐川官兵衛がニヤリと笑って、

「河井氏、そううまくいくかな」

と揶揄気味に言葉を投げた。それも官兵衛には継之助の用兵の巧みさに舌を巻いていたので、冗談半分に、〈貴公のやり方にはその上がない〉とでも言いたかったのであろう。

継之助は即座に、

「これからの戦さというものは、この程度ではだめだ」

と言うと、保塁からさっさと立ち上がると、一散に走り出した。これを見た銃士隊が、継之助危うしと見て一斉に援護射撃をする。その間に他の小隊も前進する。既に西軍の保塁内ではあちこちで白兵戦が展開され、斬り合いがはじまっている。この時に、軍監三好軍太郎は流れ弾で傷つき、同じく軍監熊野直介は戦死した。奇兵隊の小司令・堀潜太郎は重傷を負った。指揮者を失うと西軍も支離滅裂となって潰走する。激戦であった。

継之助の信頼していた部下である銃士隊長斉田徹も死んだ。

今町の奪回作戦はこうして東軍の勝利であった。西軍も伸びきった戦線の収拾が思うようにいかず、黒田参謀は病いに臥し、ひとり山県が全線の重荷を背負っていたので、この今町奪還戦は

全く寝耳に水で、大変な驚きであった。このことは又、彼にとっても大きなショックに違いない。

古屋作左衛門は一気に長岡まで攻め入るべしと主張し、このチャンスに決戦を挑んだが、継之助の自重説によって思いとどまった。

調子に乗れば必ず、どこかで水が漏れるように穴があく。それがかえって命取りになるかも知れないと力説し、早々に三条に引揚げていった。継之助のこの思いきりの良さは、利点でもあったが又一面、勝機を逸する弱点をももっていた。一か八かの賭けに挑む勝負師的な才覚には欠けていたのかも知れない。

戦術論的には飛び抜けた能力をもっていたことは、新政府側も継之助には一目、置いていた。特に山県狂介や西郷隆盛、大村益次郎らも継之助の政治的手腕や作戦の巧みさには賛嘆の辞を述べていたようである。しかし、人間は全てが万能ではない。アキレス腱としての弱さがどこかに潜んでいる。継之助には、タムソンが説いた所の自分に打勝つ忍耐力が欠けていたようである。それは継之助のストレートな栄達が、或いはその欠点を作りあげてしまったのかも知れない。才能というものは、認められるとトントン拍子にその人材を磨きあげ、人の上に立たしめてしまう。そして、人を使うに易い利便をも知ってしまう。苦労して築きあげていくものは、まず己れの鋼のような心を鍛えあげねばならない。それには誰にでも負けぬ忍耐力や克己心が必要なのである。その点、薩長の重鎮たちは長い苦節の歴史の中で、それは培われてきたのである。旧幕府側と新興の力を盛り上げた体制側との差は、その人の心の中の強さではなかろうか。

安逸で平穏な長い幕政の中で、ぬくぬくと育ってきた幕臣や、その傘の中で体制を支えていった譜代には、その地獄のような苦渋の中で、のたうち廻る忍耐を知る由もなかったのであろう。

敗戦——継之助の死

十七

西軍はこの今町の敗戦を契機として、本格的に越後方面の作戦に主力を傾注するようになった。

参謀・淵辺直右衛門は援軍申請の書状の中で、

「此節は薩長の兵無えては成功は遂げ候儀六ヶ敷存じ候」

とこぼし、ともかく他藩に対する不信感は強く、難渋する北越戦線の状況をよく物語っている。

新政府は兵部卿仁和寺宮嘉彰《にんなじのみやあきら》親王を会津征討越後口総督に、参謀に壬生基修《みぶもとたか》・西園寺公望《さいおんじきんもち》を任じ、援軍として長州から干城隊総督毛利内匠・同副総督前原彦太郎（一誠）が四小隊を率い、薩摩から西郷吉之助（隆盛）が三百名を率いて駆けつけてきた。

北越へ動く西軍は六月で三万、更に十月頃には四万三千にも達した。この北越への増兵に尽力したのは山県の先輩格に当る木戸孝允、広沢真臣であり、木戸が北越の苦戦を訴えた密書に、

「北越の事、実に大事。何分にも今日の急務は、大に相勝ち候事が最も第一に而、大勝を得候へば、其余之事は、少々機会に後《おく》れ候とも、取返され申候。若し一大敗いたし候へば、諸軍之気鋒挫折いたし候は申すに及ばず、実に天下の事、大瓦解と存じ候。且つ外国人にも大侮りを受け候は自然なり。何分にも北軍（西軍）の大に勝ち候事、至って急務にご座候」

とこの戦さが新政府側にとっての革命がなるかならぬかの瀬戸際であることを記している。

西軍側にとっても連合二十五藩の大勢力のため、かえって統制がとれず、烏合の衆となる恐れが多分にあり、その上、薩長の間にも次第に目に見えぬ溝が生じてきている。山県と黒田両名の意志疎通も思わしくなく、一時は険悪な状態にまでなったくらいである。

しかし、これを克服、新しい作戦方針を打ち立てて、東軍殲滅《せんめつ》への行動に出た。この頃、奥羽列藩同盟の中で、新発田藩の背信が表面化し、形勢が急変した。西軍は新発田領内へ海路上陸、支援部隊を送りこんできた。

新発田藩は古くから勤王の志強く、新政府に対抗する奥羽列藩の狭間にあって、去就を迷い、辛酸をなめてきたが情勢が好転、一挙に今までの東軍側から寝返りをうつ行動に出たのである。この藩は外交施策に長け、両者の間をうまく切り抜けてはきたが、その内実は悲惨極まりないものであった。しかし、ひとたび立ち上がると藩全体が武装国家に切り換わるという一致団結の強さをもち、農兵の訓練が行き届いていた。現代でいう国民皆兵制度を応用していたのであろう。

長岡藩は武士のみが領内を守備するというプロ戦闘集団の訓練はずば抜けた強さをもっていた

が、それが逆に領民との意思疎通に欠けた弱点があった。要するに大衆の支持が得られなかったと言えるかも知れない。継之助の考える戦さは、武士としての力の表徴であり、武士の意地としての見せ場でもある。だから、農民や町民を共に巻添えにすることは潔しとしないのである。そのために得てして領民を無視して突っ走る危険性を孕《はら》んでいた。

牧野家の遠祖・成定が藩士に諭した「御家風十八ヶ条」の冒頭は、「常在戦場」の四文字である。武士はいつの世にても戦さに殉ずる心を保つことが必定とされ、そのための有事に備える気構えを身につけるよう要求された。徹底した武士教育は幼少の時から丹念に施されていくと、人間はそういう型に嵌《はま》っていくのである。継之助も幼少の頃、河原で年長の農民の子と諍《いさかい》を起し、突きとばされたが、相手の足に死に物狂いでかじりつき、肉を喰いちぎる程の勢いで噛んだ。相手は、「ギャッ」と悲鳴をあげて逃げさった。口中、血だらけで帰ってきた継之助の顔を見て、母は黙って繕《つくろ》いものをしていた。母の心は、武士はいつ、何が生ずるかは判らぬ、いつもその覚悟を定めているのである。それが武士の妻であり、親である。そこに少しでも人間的な心情が吐露されれば、「常在戦場」は単なる字面だけのものに過ぎなくなってしまう。そして武士とはやたら刀を振り廻す大道芸人に過ぎない存在になってしまう。傷を受けたかも知れない我が子の傍に走り寄って、抱きしめる情を押さえられなければ、武士の親としては成り立たない。

奥羽列藩同盟にあった二本松藩などは、昔から武士の仕来《しきた》りに厳しく、朝食の前に親の目前で切腹の作法を見せるのが習慣であった。

この地方の農民は、「武士の子と蝮《まむし》に近寄るな」という言葉が流行し、十二歳の武士の子から無礼討ちにされた農民がいたという記録もその一つの表われであろう。西軍との戦いに十二歳から十四歳までの少年隊が出陣し、捨て身で幼い命を散らしていった悲話が現代でも語り伝えられている。やはり、武士という意気地が幼い心を駆り立てたのであろう。

西軍の作戦本部が大攻勢の計画をたてている間に、東軍側でも同じような動きがあった。

継之助の本営栃尾に、米沢甘糟継成《あまかすつぐしげ》、斎藤篤信の二人が千坂総督の軍議の意をうけて訪れてきた。米沢は奥羽列藩同盟の中で中心的存在であり、長岡藩を支援してよく戦っている。したがって多くの戦死傷も出している。甘糟は二十三歳の折、筆をおこし、九年間を費やして、「鷹山公偉蹟録」二十一巻を著わしている。これは上杉鷹山に関する数多の著書が出典を求めたと言われる程、秀れた著作である。知識人でもある彼が、米沢藩の軍事活動の主流でもあり、大きな業績も残している。

軍議会談の席には長岡藩は継之助と花輪求馬、会津からは一瀬要人、西郷源五郎、桑名は金子権左衛門、村松藩は田中勘解由、村上藩、水谷孫兵次、上山藩、祝井段兵衛ら東軍の首脳が列席した。それだけに容易に軍議は進まず難行した。そこで、業を煮やした甘糟が一つの提案を出した。

「まず、総軍を三つに分ける。一つは中条豊前が総帥、米沢兵と古谷の衝鋒隊を主力として、長岡、村松藩兵を加えて見附を攻略する。二つは一ノ瀬要人が総帥、会津、桑名、上山、藩兵にて与板城を。三つは会津、庄内、山形、三根山の藩兵と水戸脱藩兵にて出雲崎へ進撃する」

これはことごとく西軍の拠点攻撃であり、西軍への最後の止《とど》めと刺そうとする一大作戦計画であった。これで衆議は一決した。その際、継之助は今一つの策を提案した。

「現在、敵の兵力は日増しに強化されているので、尋常に勝負を挑めばこちらが危い。ただし、物見の報では長岡城の守りは多勢を頼んで、いかにも驕《おご》りの色が見える。その一つの表れは城の西北方に位置する八丁沖の泥沼は警戒が手薄である。ここからひそかに攻撃をかけ、一挙に城を奪回したい。長岡藩兵がこの奇襲作戦を敢行するので、米沢藩兵はこれを支援してくれ」

と言った。これは満場、妙案だと決定された。

しかし、西郷吉之助の率いる増援部隊が近づいている報《しら》せが耳に入るや、到着前にこの作戦は実行されなければならない。越後での戦闘は榎峠、朝日山の攻防戦や森立《もったて》峠の奪取戦など、平地よりも山地の確保をめぐる戦闘がしきりと行われた。これは地形的に高所に保塁を築き、砲撃を加えることのほうが利があると考えたからであろう。継之助は西軍が山地へと関心を強めている間に、八丁沖の沼に視点を据え、人心の裏をかく戦法にでた。

近代戦で欠くことできないのは、早く確実な情報を得ることである。相手の動きをいち早くキャッチし、分析していく能力はリーダーには必須のことであり、又その状勢分析如何によっては、犠牲の大小も影響してくる。

長岡には、情報のベテラン・渋木成三郎が潜入、暗躍している。彼は西軍の軍装で密かに部隊を経めぐり、時には農夫の姿で各隊の移動を監視し、特に指令所付近に徘徊しては指揮者の動きを観察していた。これは逐一、人を介して継之助へ報じられてくる。この渋木からの情報の中で、長岡軍の動きが鈍いのは継之助が臆病風に吹かれたのであろうという噂が陣内に広がっているということを知った。特に領民たちの間に継之助の動きが怠慢だという悪評が流布していると聞くや、継之助は時機は熟した、この時こそ西軍は油断していると察した。

決行は七月二十日、それに先立って会津、桑名、米沢の諸将、長岡の山本大東、牧野図書、稲垣主税の三大隊長、川島億次郎、三間市之進、花輪馨之進の軍事掛と軍議し、方針を定めた。

一、決定前に声を大にして、栃尾方面へ一部終結する。これは西軍の気をひくための欺瞞《ぎまん》作戦である。その間に長岡兵はこっそりと引き払う。

二、二十日の暮時より、長岡全軍は八丁沖の沼沢へ潜行する。直進して城下へ突入、火を放つ。

三、城下へ火を放ったら、一斉に進撃。更に森立峠を攻略する。

四、合言葉は「誰か」「雲」。合印は白木綿を胸に巻き、合旗は白木綿の中黒、丸く降ると十字に受ける。夜間の合図はがん燈にて渦巻きに振る。

このようにして、長岡全軍に指令が伝わった。厳しく言い渡されたことは「潜行の節、敵より打ち掛り候共、無音、無声は勿論、発砲堅く禁止」である。これは八丁沖の沼沢を密かに行動するための最大条件でもあった。敵に発見されたら、それこそ身軽に行動し得ない場所であるだけに、全滅の危機に曝される。要するに隠密作戦である。

当初の計画は連日の雨で行動に支障を来たしたため延期された。この間に継之助は各将士らに戦闘に対する心構えを説き、それぞれ動揺している気持の整理をうながしておいた。

継之助も、或いはこの一戦でどのようになるか、皆目、見定めもつかなかったのである。

死地に赴くとしても、住み慣れた城下ならば本望であろうと、心に言いきかせることに専心していた。夢にまで描いてきた長岡の新しい国づくりの挫折の時が、刻々と近づいているような気が襲ってくる。しかし、その弱音を吹きはらうように、ブラントやシュネル、タムソンや志野のことが心を過ぎっていく。

新しい国づくりには西洋文化の移入が先決である。そして人々に新しい教育が必要である。産業を興し、諸外国と貿易をする。若い者たちには海外へ学ぶ機会を与えてやる。小さいながら近代国家を形成して、薩長とは精神と技倆で対抗していく。未だ継之助の脳裡から、その遠大な望みは消えていなかった。

そのための必死の戦いなのである。

タムソンから聞いた、ヨハネ黙示録の中の竜の話は、即ち継之助自身なのだと、心中、言い聞かせてきた。神に逆らった竜は悪の権化であるタンニーンであることとは、継之助にとっては、それが悪の権化でも邪悪な生霊でも、何でもよい。自分がそのタンニーンに化して、長岡を踏みにじろうとする薩長に敵対する勢力の代表者でありたい。蒼竜窟は竜の幻であり、底知れぬ永遠の力であることを願った。

志野がこの継之助の意気を知ったなら、きっと悲しむに違いない。しかし、継之助自身が蒼竜と化して天に昇り、いつまでも長岡にユートピアを築く力になりたいと願うならば、彼女の心も喜びに晴れるであろう。

継之助は此度の攻撃作戦に決死の覚悟を抱いたに違いない。各部隊の使番を召集し、「口上書」や手配書、心得書などを手渡し、各隊士に伝達するよう命じた。そして決戦前の酒肴代をも与えた。口上書は後に、文豪・徳富蘇峰が賞賛した言文一致体の話し言葉で切々と述べられていた。

「此一軍《ひといくさ》は、第一御家の興廃も此の勝ち負けにあり、天下分け目も此の勝負にありて、御家がなければ、銘々の身もなきもの故、御一同共に身を捨て、数代の御高恩に報じ、牧野家の御威名を万世に輝し、銘々の武名を後世に残す様、精力を極めて御奉公いたしませう。なぜ分け目の軍さと云へば、奥州の敵も、今に捗々《はかばか》敷きことなく、東が大勝すれば、越後に敵が居られず、越後が大勝すれば、奥羽に敵は居られず、然れども敵も何処まで引《ひい》て夫で済むといふ訳にも参らず。こうなると、天下の形勢が変じ、元々、諸大名が義理する仕事でもなし、軍ずきがした仕事でもなく、只、暴威に劫《おび》やかされて、いやでも難儀でも一寸ずりに延したは、愚かの心底から、義も忘れて、左様の事するけれども、心に誰でも悪いといふこと知らぬ者なく、高田や与板が快いといふ事もなく、気楽でもあるまい。

少し模様が変ずれば、天下の諸侯が変心するから、そりゃ敵も大変で、天下を取ろうとした仕事は空敷《むなし》しくなり、そうなると、天下中に悪まれ、異国も見離し、終《つい》には国も亡ぶる様に至るから、容易の事では引かれぬ筈で、敵も夫を知って居ながら、此の大乱を作《な》せし、薩摩の西郷吉之助が北越へ来て、天下分け目の軍すると云ふ事を聞きましたが、何にしても、そりゃ分け目だから、此の軍は大切で、私共、間違ても御城下へ入て死ねば、義名も残り、武士の道にも叶うて、遣り置《おく》事もなく、思の侭に勝てば、天下の勢を変ずる程の大功が立つから、精一杯出してやりませう。

御城下は目の前にありて、入る事も出来ず、如何にも事多で、御一同の御難儀も不ル二日立タ一様なれども、中島文次左衛門の弟は、先月二日に今町で討死し、其弟が兄の首を介錯し、始終負て戦ひ居るを私は見て居ましたが、其男が当月二日、大黒口の先駈して又討死し、竹垣徳七殿の両人も栃尾にて討死し、其外あっぱれの働して、討死・手負したる人々は、皆様御承知の通り、忠憤・義死の人は、気の毒の事なれども、是を是非ない事にて、此上は一刻も早く長岡を取直し、両殿様（忠恭・忠訓）を早速御迎へ申上、御一同忠死の程、両殿様へ申上、戦死の人々を厚く弔ひ、目出度御入城の上は、両三年も御政事を御立テ被レ遊バるなれば、元の繁昌にすること慥《たしか》に出来るから、御一同共、必死を極めて勝ませう。死ぬ気になって致せば、生ることも出来、疑もなく大功立てられますが、若し死にたくない、危い目に逢いたくないといふ心があらうなら、夫こそ生ることも出来ず、空敷《むなし》く汚名を後世まで残し、残念に存じますから、身を捨ててこそ浮む瀬もあれと申しますれば、能々《よくよく》覚悟を極めて大功を立てませう。一昨夜よりも風も強く、此一戦を大切に思ひ、皆様と御一心になって、此度は是非とも大勝を致し度いと、心に浮みし丈《だ》けを、口上にて申上様と書きましたが、届《とど》かぬ事もあるけれども、篤と御考へ被レ下ませう」

それに詳細な心得が全隊士に徹底して布達された。行軍の際は一人の間が三尺（約一メートル）、一隊の間は二十間（約四十メートル）、大隊の間は三十間（約六十メートル）。

八丁沖を渡ったら、大川、千本木隊は浦瀬・宮下方面の敵に備え、花輪・牧野隊は福島方面の敵に備える。全隊通過後は、以上の隊が最後尾で、城下に突入の際は新町口の応援とする。城下突入の隊の放火には、

「長岡の人数二千、城下へ死にに来た。殺せ、殺せ」

と大声で喚くこと。

この通達は長岡全将兵の身も心も迫りくる戦いの緊張感を煽り、眦《まなじり》を決し、唇を嚙みしめる決死の気持を固めさせていった。

七月二十四日、午後六時、各人が沼を渡る用意の青竹、弾薬百三十発、兵糧を身につけた前哨隊が太鼓の合図と共に出発した。

前哨隊が八丁沖の地理に精通している者たちで編成されている。それに続いて川島億次郎率いる第一軍、三間市之進の第二軍、花輪求馬の第三軍、本部梯団として河井継之助と参謀、第四軍は牧野図書指揮、合計約七百名が出揃った。目標は西軍に蹂躙されている長岡城奪還である。前哨隊の綿密な下調べと誘導は抜群であった。幼い時からこの沼で遊び戯れ、深みにはまって溺れ

そうになったり、魚のよく取れる自分たちの秘密の場所もあった。まるで自分たちの勝手知った庭のようなものである。雲間に隠れては顔を出す月の照りに身を潜め、水を掻き分けるようにして各隊は静かに進んでいった。数日間にわたる降雨の後だけに、沼は泥濘で足がとられ思うように歩めなかった。その上、その夜の月は満月で、沼一帯を黄色に染めあげる程の煌々《こうこう》たる輝きで照り出した。一列に並んだ隊列はまるで沼を這う蛇のように曲がりくねり蠢《うごめ》いて見えた。継之助は月が出る間は身を潜めるように指示を与えた。西軍の監視兵の目を恐れたからである。泥濘の中で身を潜む兵士は、月が雲間に隠れるまでの時の長さを恨むがごとく見上げた。時折、沼の畔の辺りで小競合いをしているのであろうか、押し殺したような声が聞こえてくる。西軍の少数の監視兵と偵察隊の長岡兵との間の凄惨な格闘が演じられているのかも知れない。発砲も叫び声も、それは長岡軍団全員が窮地に追いつめられることになる。

第三軍に属している銃卒隊長奥山七郎左衛門に従っていた十五歳の小野田彌助が急に泣きはじめた。それは恐怖に戦《おのの》くように、又、極度の緊張感で神経を昂ぶらせたかのように嗚咽が激しくなっていった。大声を挙げたらこの隠密行動は無に帰する。慌てた奥山は彌助の体を抱きしめた。この年少の若者に、このような神経を張りつめる行動は、突発的に一種のストレス状態をひき起こさせるのであろう。奥山に抱きかかえられながら、己れの体から噴き上げてくる嗚咽を懸命に押さえようとする。しかし、そうすればそうする程、余計、昂ぶってくるのである。奥山は彼の統率隊を先へ進め、暫く、じっと彌助を押さえこんでいた。後から進んできた継之助が、

「どうした。未だ渡るには時がかかるぞ」

と声をかけた。

「何か、ものに脅えたらしいのです」

奥山は彌助の顔を上げさせた。その時、黒い雲の裂け目から月の光が彌助の顔を射した。

彌助の稚い表情が固く、何かに憑かれたように一点を見つめていた。継之助は押さえた声で言った。

「恐いか、恐いのは皆同じだ。俺も恐い。しかしな、俺の傍に居たら大丈夫だ。必ず恐さをなくしてみせる。よいな、俺に従《つ》いてこい」

それを聞くと、彌助は急に平生に戻ったように、継之助の後に従って歩みはじめた。

彌助はその後、長岡の市中東北部に侵入、西軍守備兵と戦闘を交じえた際、果敢に奮闘し、これが沼で恐怖に脅えた者の仕業かと並居る者たちを驚かせたと言う。しかし、敵弾に胸を撃ち抜かれ壮烈な戦死を遂げている。

四キロメートルの沼を渡りきり、宮島という所に到着した時は既に午前三時を過ぎていた。この頃は大里口や田井口あたりで戦闘が始まったらしく、砲声と共に夜空を流星のようにあちこちと飛弾が交叉し、ラッパが鳴り響き、喊声が聞こえてきた。米沢、会津、桑名隊の牽制攻撃である。これは、

「八丁沖潜行の節、彼より打懸け候砲声、相聞こえ候はば、福井口にて大砲連発、田井の山上に

て相図《あいず》流火星を打揚げ、栃尾城山も同断、諸口甲乙なく、猛烈に攻撃、火の手相見え候はば、敵、集合せざるうちに、一刻も早く駆け付け下されたく候」

という通告が事前になされていた通りに実施されたのである。継之助は幸先《さいさき》はよし、計画通りに事が運んでいることにほっと安堵した。

各隊を集結させるのに約二時間も費された。

沼を渡るのに、いかに難渋極めたか、その時が語っていた。

〈時はよし〉と継之助は一斉に進撃の命を下した。まず、川島指揮下の第一軍二隊が不意打ちの上、火を放って味方に合図とした。これを見た長岡砲兵隊が総攻撃の号砲を放ち、彼我入り乱れての攻防戦が展開された。城下に突入したのは三間率いる第二軍である。ここは西軍必死の防戦で、かなりの激戦となったが、西軍はやがて退いていった。花輪の第三軍も頑強に抵抗する西軍との交戦はあったがこれも撃退した。後締めの責任をもつ牧野、稲垣の率いる後軍が予定通り長岡市街へ突入し、西軍を掃討しながら、長岡城を奪取する支援をした。退去した西軍の逆襲に備えるために城下へ入る口々を固め、継之助の作戦計画はひとまず順調に事は運ばれた。

しかし、予想外な出来事は、味方である米沢、会津の諸隊が強力な西軍に阻まれ、長岡への進出が不可能になってしまった。そのために、せっかく奪取した長岡城は又もや孤立状態に陥り、その後に生ずる戦闘は長岡兵にとってまことに悲惨なものとなっていった。

十八

一方、西軍陣営は、この東軍の奇襲攻撃を決して腕をこまねいて待っていたわけではなかった。時を同じくして、大攻勢の計画を立案、七月二十五日・二十六日の両日を、薩長主力軍によって一斉に進撃を開始する手筈は整っていたのである。そのために、長岡への駐屯部隊は長州二隊、長府の報国隊二隊、金沢一隊の計五隊に過ぎなかった。参謀・山県も栃尾へ進撃する部隊を追っていく予定であったが、ちょうど東軍の攻撃を受ける夜は、ほんの数時間前まで、京都へ帰る慰問使・森清蔵の送別のため、杯を酌み交わしていた。

これからの新しい日本の国づくり、世界への飛躍など、夢の多い話が次から次へと出てきて、同席している者たちに、すこぶる心の満足と快よさを味わわせていた。山県はその途中、陣営から離れた場所にある便所へいくため外に出た。月は煌々と照り、陣営の建物の裏にある森の輪郭をも鮮明に浮き上がらせていた。遠雷のように砲声が響いている。持久戦の形になったが、早く決着をつけなければ、総督府の要請に応じられない。新政府は東軍の同盟諸藩を朝敵との烙印を押し、一刻も早く掃討することを願っている。

薩長としてはこの戦さが長びけば長びく程、不利になることも知っている。革命とは短時日に実行し、新しい体制づくりへともっていかなければ成功はおぼつかない。長期にわたると、再び新しい勢力が盛り上がる危険性はある。岩倉具視や薩長の首脳部は焦りに焦った。山県も明朝からの総攻撃に望みを抱き、深い息を吐いた。その時、連続的な砲声が山県の耳に入った。多少、気にはなったが、独り、部屋へ戻り寝に就いた。まどろみかけた時、けたたましく部屋の戸が開けられ、飛びこんできたのは長州藩干城隊小司令の福田太郎であった。

「只今、今町の方角に敵の襲来があり、火の手があがりました。かなりの攻撃であろうと考えられます」

その声は上ずっていた。山県はガバッととび起き、

「失敗った。先を越されたらしい。南無八幡！」

と唸るように言った。そう思えば、あの時の連続音は攻撃の合図であったかと、切歯扼腕《せっしやくわん》の口惜しさであった。その直後、斥候に出た兵士からの追報で、城下に長岡兵らしい部隊が雪崩をうって襲来し、西軍は苦戦しているとのことであった。山県には長岡市街の味方の防備が手にとるように判っている。僅かの兵のみしか留ってはおらず、それも地理不案内である悲惨なくらいの防衛戦であるので、とりあえず、妙味峠方面へ退去るよう指令を出した。彼我の射ち放つ銃弾はところかまわず飛んでくる。空気を切り裂くような音が無数に、走るものの前を横切っていく。黙って倒れるもの、悲鳴をあげて崩れていくもの、道のあちこちに横たわる兵士の姿が、燃え盛る火の明かりに写《うつ》し出されている。山県は城の北方本陣にいる西園寺公望をいち早く避難させな

ければと衣服を整えていた時、玄関口にただならぬ足音と銃声が聞こえ、大声で、

「参謀はいずこにおられるや」

と叫んでいる兵が現われた。守備兵はこれをてっきり味方のものと錯覚したのであろうか誰も咎めようとはしなかった。山県はこれを聞いて、不用意に、

「応、何だ」

と姿を見せた。すると、刀を振りあげたその大声の男がいきなり、とびかかってきた。

慌てた守備兵がこれを拒んで応戦した。山県は驚いて外へとび出した。かの者は継之助の直属の部下である田嶋健八郎、単身で斬りこんできた。これには、さすが山県も体がわなわなと震える程の恐怖感を覚えた。しかし、直ちに冷静に戻るや本陣へ駆けつけ、西園寺を関原に避難させ、軍を妙見へ退去、再び長岡へ戻るための布石としての要地を確保したことは、山県が超一流の軍略家としての面目を発揮したと言える。これは以前、継之助に榎峠、朝日山を占拠され、苦《にが》い思いをした轍《わだち》を踏みたくなかったからである。妙見を押さえられれば、西軍の動きは鈍ることを知っていたのである。

継之助は長岡藩の藩旗（五段の梯子を形どった藩印）を振り廻して兵士たちを励ましていた。この時の継之助は、

「長岡の新しい国づくりのために、みんな死んでくれ」

と大声で叫んでいた。

とかく、攻めあぐんでくると腰が浮いてくる。そのような時が一番、人間は弱点を暴露するものである。一斉攻撃が始まると、相手は必ず浮き足だって退きはじめる。腰が浮く前に、こちら側も攻勢に出なければならない。

しかし、西軍の射撃は凄まじく、まるで弾が横なぐりに降ってくるかのような激しさであった。継之助は一隊を割《さ》いて、西軍の後へ廻りこませ、挟撃の形をとることで、やっと西軍も崩れ、それこそ本格的に浮き足だってしまった。

西軍が総退却した後、継之助は馬を駆って城へ入った。山県は城下町での乱戦を避け、西軍を郊外へ撤退させた。長岡兵の城奪還作戦は比較的スムースに行われた。しかし、必ず西軍は反撃に出てくることは予想される。

それも、市街地の北、新町口へ出てくると見た継之助は、そこが激戦となることから、三間市之進指揮の隊に防備を依頼した。その翌日の朝、案の定、喚声を挙げて薩摩兵が押し寄せてきた。精鋭を誇る彼等だけに、すこぶる巧妙な奇襲をかけてくる。応戦するのに手間どっているうち、今度は防塁の背後に火の手があがった。万事休すで、完全に挟撃された形になった。三間の部隊から救援の伝令が走ってきた。その時に、銃卒隊長であった篠原行左衛門の戦死も報ぜられた。継之助は唇を噛んで口惜しがった。篠原は江戸滞在中、斉藤彌九郎門下の秀逸で、世に聞こえた剣客であった、見廻組の佐々木只三郎でさえ、篠原には一目、置いていた。江戸の下屋敷の庭で竹刀稽古をしている彼の早業には継之助も舌を巻いた。

更に続いて伝令は銃士隊長・稲垣林四郎、銃卒隊長・小野田伊織が倒れたことも知らせた。次から次へ指揮者が姿を消していく。継之助は長岡の各隊が城の方角へ、どんどん退いていくのを目撃した。それに合わせるように、西軍の勢いは凄まじく、喚声を挙げて突き進んでくるのが判った。継之助はこの時、彼等を猛者だと感じた。時の勢い、調子の勢いに乗ると、戦いでもこのように相違が明らかに生じてくる。特に、彼等の射ち放つ銃弾のおびただしさは、一歩も前へ出ることを許さぬ激しさであった。長岡兵が一発射つと、十発も二十発も返ってくる。

「米沢はどうした」

という声が各所から聞こえてきた。作戦では米沢兵が北から長岡城に迫る段取りになっていた。その米沢兵の姿がかき消すように姿を見せない。長岡兵が孤立無援で踏ん張っているだけであった。

「米沢の裏切り」

という不安な思いが、兵士たちの脳裡を過ぎった。それだけ、この戦いに他者の思惑がのしかかっていたのであろう。いつ、誰が裏切るのであろうか、自分たちだけが取り残される不安感は胸中からは去らなかった。

米沢兵がやっと姿を現わしたのは、既に午後三時を廻っていた。他藩との寄り合い所帯で防備している関係で、あまり乗気がない西軍とても同様で、薩長は共に苦労していた。

他藩は味方であってもあまり当てにならないので、作戦行動には困難を伴なう。しかし、今は一兵でも必要な時である。

米沢兵は幾度となく西軍に対して攻撃を加え、南下を続けた。しかし、米沢藩としてもこの北越で長岡を支援して戦うことに、どこまで意義があるのか疑念を抱いていた。戦況は監視しても、出来るだけ自らの出血は押さえておきたかった。列藩同盟の誼《よしみ》から救援の手は差し伸べなければならない。つまり大義名分だけは整えておこうとするのは、いずれの藩においても決して非難されるべきことではなかったのかも知れない。去就を惑い、惑って局面にのめりこんでしまったのである。この惑いは恐らく最後まで続くことであろうし、その思いに打ちのめされることも多かった。

継之助は新町口で味方が苦戦していると聞いて、援兵を派遣するよう手配をし、自身も数人の従者と共に出向いていった。足軽町、神田町あたりは未だ、銃弾の飛び交うことも少なかった。時折、風を切って流れ弾が不気味な音をたてる。その音が人の耳に異様な甲高い悲鳴にも似ても の哀しい。

しかし、新町へ近づくに従い、次第に銃弾が激しく飛んでくる。継之助は時には地に伏せ、合間を見つけては走って家の軒に駆け込みながら防塁へ向かった。ここで継之助は道路に畳を重ね、木材を積んで防戦をしている三間市之進の部隊を目にした。新町口は福井、大黒方面の西軍を防ぐ要所である。従者のひとり、外山寅太が、

「総督。今、しばらくお待ち下さい。そのうち銃撃も収まります」

と声をかけた。西軍の攻撃はいっときに、一斉射撃を加え、暫く間をおいて再び射撃を繰り返すといった戦法で、徐々に前進してくる方法を用いていた。外山はそれをよく熟知していたのである。継之助と従者らは道の左側の家並びの雁木に身を伏せていた。これは冬期の雪を防ぐために、家々の軒に張り出して歩きやすいようなアーケード風の屋根である。三間のいる防塁の傍で、敵弾に当った兵士がひとり倒れ、ふたり倒れるのを目撃した継之助は思わず、飛び出して道の向う側の雁木にとりつこうと走った。

その時、継之助は左足に激痛と同時に、前進が熱い火で煽られたようなショックを覚え、地に倒れた。そのあたりに鮮血がとび散った。銃弾が継之助の左膝に当ったのである。

外山や他の従者たちが

「ご家老」「総督」

と大声を挙げて飛び出し、継之助の体を引きずって雁木に連れこんだ。左膝の部分が血でぐしょぐしょに濡れていた。応急処理の白木綿で傷を包み、直ぐに担架を急造して後退しかけると、継之助が、

「俺の頭が北向きになっておる。これでは死者の向きだ。南へ向けろ」

と口ばしった。それを無視して歩きはじめると、今度は、

「余計に血が出た。足の負傷だから、生命には別条あるまいが、この足はもう使えんな」

と呟いていた。

膝頭は完全に砕かれていた。継之助自身が肉体の一部の損傷の度合いが判る位《くらい》であるから、多分、このままでは回復は無理であろうし、悪くすれば左足は切断しなければならないであろう。

「よいか、傷は軽いと言っておけ」

と言い聞かせたが、時折、意識が朦朧《もうろう》としてくる。気を張らねばと、目をかっと見開いた。激しい痛みが全身を襲った。担架は御引橋のたもとにある土蔵造りの建物に入れ、そこで暫く休息した。西軍の攻撃の手が緩む夕暮を待った。夜になると長岡兵のゲリラ活動が始まるので、その防備に万全を期するためである。

継之助は時折、襲う激痛の合間に、うとうととまどろむような失神状態が生ずる。

「敵が来たぞ」

と言う声ではっと目をあけ、

「刀を寄越せ」

と愛刀を胸の上に抱いては、口癖のように愛誦していた杜甫の詩を口ずさんだ。

「紈袴《がんこ》餓死せず、儒冠多く身を誤る
丈人試みに静かに聴け　賤子請う　具《つぶ》さに陳《の》べん
甫昔少年の日、早く観国《かんこく》の賓《ひん》に充《あ》てらる……」

これは「奉レ贈二韋左丞丈一」。二十二韻」と題する五言長古である。

依然、出血が激しいので、息切れがするが、声はいつもの高い調子で、平生とはあまり変りはなかったので、従者たちもほっと安堵の胸を撫でおろした。

夕暮れになって、継之助は昌福寺にある軍病院へ移送された。この時、治療に当った医師は継之助の左足を一見するなり、切断手術しか方法はないと知った。しかし、ここにはその設備さえない。あくまでも応急処置しか出来なかった。既に患部は膿が溜まりはじめていた。継之助の体質は若い時から膿みっぽく、いつもどこかに腫れものをつくり難儀していた。体質だけでなく、蛋白質の摂取が極端に不足していたことも関係があり、若い頃の体づくりに偏りがあったと思われる。

継之助が被弾した情報が各所にもたらされた頃、戦闘の局面は大きく変っていた。いよいよ、付きが西軍側に回ったようである。

関原の西軍本営にいた参謀・吉井幸輔は、その日の戦況の不利を見てとり、攻撃停止と退却命令を発した。吉井にしてみれば、山県は妙見へ退き、長州兵は全くこの戦闘には参加していない。自分たちだけが大変な貧乏くじを引いたような思いに駆られた。しかし、実際は薩摩兵の勢いにのった攻撃で、長岡城へ追い込まれていた長岡兵は、大変な苦境に陥っているのである。だが、その情報は吉井の耳までは届いていなかった。そのために、折角のチャンスを放棄してしまった形で薩摩兵は退去していった。このことは長岡兵にとっては救いのチャンス到来であった。西軍は川を渡って続々と退いていく。しかし、それを横目で見ながら、手を出す位置にいながら米沢兵は追い打ちさえかけなかった。ここで定石通りの戦術を実行すれば、戦局は大巾に変っていたことであろう。だが、これもやはり、東軍にとっては付きが落ちたとしか言い得ないのであろう。時の流れの勢いが、東軍にどうしてもチャンスにのることの出来ない弱さが露呈してしまうのである。

西軍は少い舟をフル回転で使用し、対岸渡河で兵を退去させるのに一晩中を費した。

そこでは混乱の極みが現出された。山県は西軍を妙見へ集合させるように指令はしたが、大多数の兵たちは既に、鉄砲を放り出し、舟を奪い合うようにひしめき合い、我れがちの様相であった。ちょうどこの時は、夜半に殷々《いんいん》と雷鳴が響き、凄まじいいな光りが各所に走った。手にした刀身に雷光が映えて、無数の異様な鋭い光の点滅が見られた。それこそ、この世の地獄のような形相に、激しい戦いの中でぎりぎりの緊張を強いられて震え戦く身を、更に固めていくようであった。

若し、この間隙を縫って、すかさず襲撃を加えたら、恐らく北越戦争は歴史に伝えられる事実とはまるで異ったものになっていたであろう。長岡の砲兵隊は西軍の潰走ぶりを見て、追い討ちをかける合図の狼煙を上げたが、その際の三間隊は既に、敗走し城内に追いこまれた後であるし、継之助の負傷はもはや、指揮能力を失った状態にあったため、効果はなかったのである。

因に、この戦闘で西軍側、戦死六十九、戦傷百三十三、東軍、戦死百十九、戦傷八十三、いずれも犠牲者は薩摩兵と長岡兵が多かった。特に薩摩の英才、中原猶介、西郷隆盛の弟吉次郎らが戦没した。西軍潰走後の遺留品を検してみると、大砲百二十門、弾薬は武器庫三棟に満ちており、場内の広庭にも山積されていた。特に冬季に備えるために用意されたらしく、羅紗地が二百反あまり積まれ、その他、ケット、毛布、金子も一万両が遺棄されていた。

東軍が長岡へ入って、ほっと安堵したのもつかの間、山県は関原の本営で、今後の作戦行動の協議をしている。手痛い打撃を与えられた西軍は、山県の手記にも見られるように、「長岡を取り返されたることは、大いに諸藩の人心に影響を及ぼし、中には急使を京都に出して、事変を報告すべきかなど、照会し来るものあり」とか、「諸藩の中には、殆ど柏崎辺まで走りたるものありしと云ふ。実に笑止の至りなれども、敗軍後の士気は、往々にして此の如きことあるものなり。富士川の水禽に驚きて敗走したる平家の軍勢のみ笑ふべきに非ずと思ひたり」などと記され、その混乱ぶりを物語っている。

しかし、山県はどうしても、継之助には負けたくはなかった。薩摩魂の負けん気は、叩かれれば叩かれる程、持ち上がってくる。弱気になる吉井友実を叱咤して、「一日も早く攻勢に出なければ持久戦になる。冬が来ればどうしても退《の》かなければならない。押しに押すべきである」と主張して、兵をまとめ再攻撃に転じることになった。この時の山県は、「河井継之助が重傷を負ひ、後に遂に之がために死するに至りたるは、実に敵兵の為に大打撃たりしを疑はず、……爾来、敵兵の抵抗力が著るしく減退したるものは、海路より進発したる西軍が松ヶ崎付近に上陸して其の背後に入り込みたるもの、其の重なる原因たるに相違なしといえども、而かも河井の重傷を負ひたるもの、又、与《あずか》りて力ありしならん乎」と、継之助の存在については、北越戦争を左右する極め手と考えていたのではいかと思われる。しかも、継之助は急拠、関原の本営を攻撃する計画をもっていただけに、傷を負わなければ、西軍にとっては壊滅的な打撃を被《こうむ》る所であり、九死に一生を得たとも言えるであろう。やはり、新政府の時の新しい息吹きが、このように付きをもたらしていたのであろう。

東軍はこの日を境にして敗走に転じている。

新潟を守っていた米沢藩の総督・色部長門（上席家老）は守兵二百五十、その他、仙台、会津兵二百程で駐屯していたが、二千人の西軍に強襲され、悲惨な戦いの中で死んでいった。性温厚で、あまり人と激しく争うことを好まなかった武将の最後は、果敢であったことも記録に残されている。

長岡城は二十九日に再陥落し、東北列藩は早々に戦線を離脱してしまった。そして今まで共に戦ってきた諸藩が、逆に西軍側として襲ってくる事態が起り、長岡藩は孤立化していった。

継之助は葎谷で仰臥、事態を見つめていた。

容態は悪化の一途である。死期を自覚した継之助は、藩主忠恭と共に、若松にいる義兄梛野嘉兵衛に宛てて書簡を認めた。その書中に、

「つまらぬ我《が》にて追々死傷少なからず、行末は至難なるべき義は眼前と存じ奉り候間、云云」

と、敗戦に至る悔みと謝罪とを丁寧に書き記していた。しかし、彼は己れの信念によって行動したという自負はあったが、それが、どのように長岡に住む人々によい結果をもたらしたのか、という自責の念もなくはない。

彼はそれを心の奥底にあくまでも隠しておきたかった。武士の意地というものが、それを表出することを許さなかったのである。

武士とは、そういう依古地なところがあった。それなりに武士の面目としての戦さ場の嗜みなのかも知れない。継之助は自分の生涯の中で、一つの転換が確かにあったと思っている。自己の能力と自信を恵まれた家庭環境の中で、伸ばすだけ伸ばしてこられた。それが又、途方もない時代の転換期に合致した為に、舞台の正面に躍り出てしまったのであろう。それは自分の力だと過信してはいた。しかし、横浜でタムソンに会った時、そして志野と接した時、何か自分の心の内に今までと異った蠢く変化を覚えたのである。それは他人《ひと》のために、という思いでもあり、不思議な魔力のような磁力をもって継之助を引っ張っていった。長岡をユートピアに、と夢見る思いはその時から継之助の頭の中を回転しはじめた。その継之助の心の変化を、黙して嚙み殺していたのは、朋友、小山良運であり、影形の如くつき従った僕《しもべ》の松吉であった。小山良運は継之助がキリスト教との接触で、何らかの影響があったことを終生、誰にも語らなかった。ただ、そのことを推量できる僅かな材料としては、秀才の誉高い小林虎三郎の弟雄七郎（後の衆議院議員）を兵制召集から免除して、タムソンに弟子入りをさせ、後世、長岡のために尽す学問に献身するように命じたのである。これは長岡藩中、異例の待遇でもあった。

継之助を乗せた担架は難民と共に、八十里峠越えにかかった。行先は当然、会津である。一列に歩む敗残の兵士たちの足どりは重かった。誰もが敗戦の苦渋とこれからの不安の気持を胸一杯

に溜め、体をまるめ、力なく歩いていく。継之助は担架の上から、

「俺を置いていけ、会津へ行ったとて何の意味があるのか、長岡が俺の死に場所だ」

と手を震わせ絶叫した。

この時、ふと、継之助は口から呟きのような言葉が洩れた。

「八十里、こしぬけ武士の越す峠」

継之助は口惜しかった。負傷が因で、この態たらくとは、と自嘲めいた句を呟かねばならぬことへの憤りさえも噴き出していた。

八十里峠は会津への往還路では難所の一つであった。上り下りの勾配が激しく、岩石と湿地との交互の山道であるから、一里が十里にも匹敵するというところからこの名がついた。

この夏は特に暑さが厳しかった。戦さで疲れ果てた兵士や領民たちが、とぼとぼと歩き、又休む繰返しは過酷な行程であった。継之助は身が鉄火のような熱さの中で、暑熱が更にその身をさいなんでいくる。どこが患部か判らない程、左足全体が腫れあがり、異様にもりあがっていた。覆っている白包帯は既に、膿がしたたり落ちるくらい赤黄色く染まっていた。揺られる度に、苦痛で失神を繰り返す。気がついた時は、

「はじめから死ぬ積りであった筈だ。しかし、この痛さは死ぬよりも辛い」

と珍しく愚痴をこぼしていた。傍に付き添っている根岸勝之助（姉婿）が継之助の体に、しきりと蝿が群がるのを気にして、鳥モチを竹の先に塗りつけ、それで蝿を捕えていた。

鼻先に鳥モチの竹が過ぎるのを見て、継之助は、

「根岸は蝿取りがうまい。その腕では蝿取り名人の称号を与えよう」

と笑った。しかし、継之助の表情には力が薄れていくだけであった。

ようやく、丸一日を費やして只見村の叶津《かのうつ》へ到着した。継之助の顔は妙に青黒く見えた。既に膿毒が全身へ回っているのであろう。

この日、若松城下に亡命してきていた将軍家茂の侍医でもあった幕府の医官、松本良順がひとりで、継之助の容態を心配して訪れた。

良順は若松城下で病院を設置し、傷病者の救恤に献身していた。新撰組の沖田総司も、江戸で良順の手当てを受けていた。

良順は継之助の気を強めるために、故意に戦争話や世間話などを語った。継之助は今までの苦戦に打ち拉がれていた気持ちが、この良順の話でどうやら取り戻したらしく、性来の快活な笑いや大声が出はじめてきた。従僕の松蔵も、これはうまくいけば命だけは取り止めるかも……、と一縷の望みを抱いた。

特に良順が土産《みやげ》だと言って牛肉の叩《たた》きを継之助の鼻先にぶら下げると、継之助は横浜での懐かしさを甦えらせたのであろう、一切れを口に入れ、それをいかにも来し方の思い出を噛みしめるかのように丁寧に食していた。

継之助の傷を診た良順は、直ぐに患部切断をしなければ最早や命は保たないと判断した。しか

し、この状況では危険が多すぎる。早く若松へ搬送し、処置をとるよう周りの藩医たちに指示をした。継之助の左足は膿毒症を併発し、既にその毒が全身へと広がっていた。

「河井さん、若松には名医が揃っている。早く会津へ来たまえ。会津の藩士も、君の来るのを首を長くして待っているよ」

と良順が言うと、継之助は、

「わたしが会津へいったとて、この態《てい》たらくではかえって招かれざる客かも知れん。足手まといになるだけだ。いっそのこと、その辺の崖っぷちから思い切って放り投げてくれたほうがせいせいするぜ」

と笑った。良順はその継之助の笑いの向う側に、もう死の影が忍び寄っていることを知っていた。

良順が帰った後、継之助は花輪馨之進を傍に呼んだ。苦しい息使いの中から、とぼしい声で語った。それは継之助の遺言とも聞き取れた。

「これから先、どんなに努めても、会津も持つまい。会津が敗れたら庄内藩と行動を共にしたほうが賢明だ。間違っても米沢を頼ってはならぬ。新しい力はもう直ぐそこまで来ている。古いものは滅びる運命にある。このことはよく頼んでおくが、シュネルに世子・鋭橘君（後の牧野忠毅《ただかつ》）を託して、フランスへ渡らせてくれ。天下が無事平穏に収まった暁に帰国するようにしたらよいであろう。シュネルには金も預けてあり、計画も出来ている」

と切々と花輪を見つめて懇願した。

一行は出来る限り、会津城下へ近づくよう急いだ。しかし、塩沢の村医矢沢宗益の邸に着いた時、継之助は気息奄々であった。その苦し気な息を吐きながら、傍に付いている松蔵に、

「松蔵、長いこと世話になったなあ、嬉しいぞ。俺が死んだら、ここで火葬にしてくれ」

と頼んだ。その言葉には継之助の思いきりの力の振りしぼった思いがこめられているようであった。大きな野望を抱いて精一杯の事業に魂心こめていただけに、その挫折感も又、大きいことであったろう。松蔵に向ける笑顔も弱々しかった。松蔵ははじめて、このように悄然とした継之助を見た。それが死を迎える人の生きざまなのかも知れないとも思った。

矢沢邸の傍は塩沢川との合流点であり、激しく岩に当る水音が響いている。あの激しかった戦闘の修羅場を忘れたように、静かな気が淀んでいた。時折、小鳥のけたたましい鳴き声が邸の樹々の間に聞こえる。

継之助はじっと目を閉じている。暗い奈落のような底深い影が次第に迫ってくるのを感じていた。その暗いしじまから、少年時代、走りまわっている幼童たちの姿が見える。母の厳しい顔が大きく継之助にかぶさってくる。

しかし、その大きな目の向こうに、継之助の言うことを何でも聞いてくれた父・代右衛門の姿が見え隠れする。久敬舎時代の鈴木虎太郎が少年っぽい顔で笑っている。よく喧嘩をした塾頭小田切盛徳が相変らず渋い表情で見つめている、師の山田方谷が何やら継之助に語りかけるように、又、悲しそうな面持ちですうっと遠ざかっていく。

シュネルやブラウン、そしてタムソンが大仰な素振りで、互いに語り合っている光景を見る。

ふと、傍に有馬の女うめの思い詰めた横顔が覗いている。それが急に、志野に変わった。

志野の清楚な憂いを含んだ瞳が、継之助への恋情をこめて見上げている。継之助は思わず、大声を挙げて叫んだ。

「志野さん……」


その時、松蔵は継之助の所持している品々を整えていた。その中に、一冊の古めかしい皮表紙の本があった。血湖が固まって付着した部分もある。松蔵はそれが耶蘇《やそ》の本――聖書――であることは知っていた。継之助が大切そうに懐中に入れており、時折、出しては見つめていたのを見知っていたのである。

聖書は松蔵の見慣れない西洋の文字がぎっしりと並んで記されていた。その裏表紙に美しい女文字で「志野」と書かれてあった。

松蔵は聖書をそうっと自分の懐に入れようとした。

長岡藩家老、北越の大地にしっかりと足を踏みしめ、越後武士の面目を立てた河井継之助が、耶蘇の本を所持していたとなると、後後、如何なる問題が生ずるやも知れないと、松蔵は不安感に襲われたのだろう。

松蔵は継之助が何か叫んだように聞いた。

はっとして、手に持った聖書を思わず下に落とした。と同時に継之助の枕元へ走り寄った。既に継之助の息は絶えていた。

「旦那様、旦那様」

と松蔵は激しく呼びかけた。それはやがて嗚咽へと変っていった。

河井継之助、享年四十二。

新しい時代の転換期に力の限り、大地を駆けめぐった一生であった。

翌日、遺体は只見川の河原で荼毘《だび》に付された。いつまでも絶えることのない煙が、山の樹々の黒いかげ間に青白い淀みとなって吸いこまれていく。その揺れ動き昇っていく煙が、まるで竜が踊り舞っている姿態のように。

その場に居合わす誰でも感じたのではなかろうか。

それは継之助の生涯が、大きな時の流れに勢いよく姿を現し、とてつもなく大仰《おおぎょう》な仕草を見せて、急ぎ足で彼方に消えていったさまを示しているかのようでもあった。

松蔵が燃え盛る火中に、誰の目にも止まらぬように、懐中に秘していた聖書を投げ入れた。継之助とキリスト教との接点はこの一瞬で永遠に消えていった。

松蔵はその後、大正八年(一九一九)に八十一歳の高齢で没しているが、終生、このことについては人に語らなかった。

北越戦争はやがて、維新戦史上、凄惨な会津戦争へと舞台は移っていく。

あとがき

今から三十年前、一九八九年に同人誌「新文学山河十二号」に「北越の竜」の表題にて掲載されたものです。その後、何度か出版の意図はあったが、機会を逃し、今回ようやく、日の目を見ることとなりました。

若き日より、もの書きに憧れ、あれこれと多くの同人各誌を経巡り、少しも物に成らない小説やらエッセー等にうつつをぬかしていました。特に私自身、最も精魂こめて取り組んだのが本作品でした。私の愛した作品、私の秘蔵の作品とでも言いましょうか。

人生九十二年の歳月の流れにたゞ溺れて、ふと天命を自からの上っ面に感じて慌てた如く改題により少なからず手直し修正して本作品の出版に踏みきりました。特に出版担当の竹内信博氏には格別のご指導・ご指示を賜り感謝いたします。

本作品の同人誌掲載の際、文芸評論家船山光太郎氏が読後感をご丁寧にお寄せいただだいたので一部抜粋の上ご紹介させていただきます（平成二年七月一日発行歴史読本七月号第35巻第12号収載）。なお、船山氏には評論掲載時に、出版社を通じて手紙を出させていただいた。今回の収載に当たり現在版権を持つ出版社に問い合わせたものの、連絡先等は不明との事だった。この書篇が類縁の方の手に届くことを願う。

歴史文学の芽

船山《ふなやま》光《こう》太郎《たろう》（文芸評論家）

河井継之助を支えたもの

『新文学山河』（十二号）の「北越の竜」（幸田進）は、長岡藩の河井継之助を書く三百九十枚の労作で、質・量ともに今月第一の佳作である。幕末の世にあって、藩政改革に力を尽くし、公武いずれに偏することのない近代的な独立国長岡を理想としながら、時の流れに抗し得ず越後戦争で死んでいった継之助の半生を、明快な時代の把握のなかで生き生きととらえている。歴史を動かそうとした男の生涯を描く、壮快な小説である。

ことに後半の越後戦争の経過と、その中での継之助の働きは、具体的な描写と史実の叙述が相まって臨場感のあふれる光った部分となっている。力のある作者の資質を見せて好もしい。

河井継之助といえば『峠』とすぐに浮かぶほどに、司馬遼太郎の快作が人口に膾炙《かいしゃ》しているのが、幸田作品にとっては不幸であるが、『峠』の中の継之助の像——影のない、歴史に積極的に働きかけていった合理的な現代人——が、幸田継之助にもそのままに投影している。しかし、容《かたち》は同じでも継之助の行動の原点になったものについては、幸田作品は別の光を当てている。〈中略〉幸田作品は、武士道に替えてキリスト教的倫理観を継之助の内部に見ている。そして彼にそれを与えた二人の人物をたびたび登場させている。

一人は、横浜でファブル・ブラントの家に寄宿していた時、彼に紹介された宣教師のダビット・タムソン。もう一人は彼の助手で、聖書の和訳を手伝っていた菱野志野という佳人である。タムソンは継之助に信仰と人権尊重を説き、志野は女性の美しさと奥ゆかしさを知らせた。二人に逢った時、「何か自分の心の内に今までと異った蠢く変化を覚えたのである。それは他人《ひと》のために、という思いでもあり、不思議な魔力のような磁力をもって継之助を引っ張っていった」。この二人によって、主人公は『峠』とは違う陰影を与えられている。〈中略〉いっきに読ませる筆力のある小説であった。

なお末尾になりましたが、本書の出版を快くお引き受けご助力くださったサンライズ出版の方々に心から感謝の意を表して筆を置きます。

二〇二三年二月

僻村にて老残の身を挺して

幸田　進

主な参考文献

河井継之助の生涯　安藤英雄　新人物往来社
定本河井継之助　安藤英雄　新人物往来社
河井継之助のすべて　安藤英雄編　新人物往来社
河井継之助伝　今泉鐸次郎　象山社
塵壺　河井継之助日記　東洋文庫

坂本竜馬を斬った男　今井幸彦　新人物往来社
回想の明治維新　メーチニコフ　岩波文庫
戊辰朝日山　中島欣也　恒文社
新撰組のすべて　新人物往来社
一外交官の見た明治維新　アーネスト・サトウ　岩波文庫
大君の都　オールコック　岩波文庫
佐幕派史談　長谷川伸　中公文庫
明治維新の舞台裏　石井孝　岩波新書
戊辰戦争　佐々木克　中公新書
戊辰物語　東京日日新聞社編　岩波文庫
裏切り　戊辰・新潟陥落す　中島欣也　恒文社
北越雪譜　鈴木牧之編撰　岩波文庫
衝鋒隊戦史（幕末実戦史所収）　新人物往来社

徳川幕閣　藤野保　中公新書
日本の歴史（中）　井上清　岩波新書
朱子学と陽明学　島田虔次　岩波新書
幕末維新三百藩総覧　中谷・祖田　新人物往来社
時代考証事典　稲垣史生　新人物往来社
続時代考証事典　稲垣史生　新人物往来社
歴史考証事典一～四　稲垣史生　新人物往来社
武士道の歴史　高坂富雄　新人物往来社

日本キリスト教史　海老沢・大内　日本基督教団出版社
日本キリスト教歴史大事典　教文館
ヘボン　高谷道男　吉川弘文館
聖書　一九五五年改訳　日本聖書協会

■著者略歴

幸田　進（こうだ　すすむ）

略歴　東京羽田出身
立教大学文学部キリスト教科専攻
その後、法政大学文学部日本文学科にて学ぶ
1954年　滋賀県近江兄弟社学園勤務
1958年　埼玉県浦和聖望学園勤務
1970年　滋賀県今津町清心保育園長に就任
1995年　同園退任
その後、地方文芸活動に従事する。
「今津文学」「今津エッセー」

過去に参加せる同人
「埼玉文芸」「滋賀作家」「関西文学」「新文学山河」
「ケルピム」〈キリスト教文学〉「現代詩研究」

著書　「背信者」（檸檬社）1981年
「園長からのメッセージ」（全私保連）平成6年
「クレド」（信仰書）平成25年
「ピトンよ響け」文芸社——昭和62年文庫版
「風は吹きますか」（保育書）平成16年

薩長と最後まで戦った男——越後長岡藩家老・河井継之助

2023年3月31日　第1刷発行

著　者　幸田　進

発行者　岩根　順子

印　刷　サンライズ出版株式会社
〒522-0004 滋賀県彦根市鳥居本町655-1
電話 0749-22-0627　FAX 0749-23-7720

 ISBN978-4-88325-786-7